FECHA	NOMBRE
23-04-15	
01-05-23	

————— —————

CALLE Y POCHÉ
(APELLIDO AUTOR)

¿Y SI NO ES CONMIGO?
(TÍTULO LIBRO)

MOCCA, CAFÉ Y LIBROS
(NOMBRE Y SELLO LIBRERÍA)

¿Y SI NO ES CONMIGO?

SÍ, PERO... ¿Y SI NO?

¿Y SI NO ES CONMIGO?

CALLE Y POCHÉ

montena

El papel utilizado para la impresión de este libro ha sido fabricado a partir de madera
procedente de bosques y plantaciones gestionadas con los más altos estándares ambientales,
garantizando una explotación de los recursos sostenible con el medio ambiente y beneficiosa para las personas.

¿Y si no es conmigo?

Primera edición en Colombia: mayo de 2023
Primera edición en México: mayo de 2023

D. R. © 2023, Calle y Poché

D. R. © 2023, de la presente edición en castellano para todo el mundo:
Penguin Random House Grupo Editorial, S. A. S.
Carrera 7 # 75-51, piso 7, Bogotá, Colombia

D. R. © 2023, derechos de edición mundiales en lengua castellana:
Penguin Random House Grupo Editorial, S. A. de C. V.
Blvd. Miguel de Cervantes Saavedra núm. 301, 1er piso,
colonia Granada, alcaldía Miguel Hidalgo, C. P. 11520,
Ciudad de México

penguinlibros.com

D. R. © Fotografías de páginas interiores: Cristina Salgar
D. R. © Lettering y concepto: Calle y Poché

ISBN: 978-607-381-302-0

Impreso en México – *Printed in Mexico*

Este libro está dedicado a:

Los que entienden que somos dualidad.
Los que aman amar con todo lo que esa decisión implica.
Los que agradecen la luz pero también la oscuridad porque
sin ella no habría diferencia.
Los que no pretenden auto-engañarse con una pulcritud y
perfección inexistentes.
Los que se responsabilizan de su sombra.
Los que integran sus polaridades y los que entienden que la
vida lo hace, lo ha hecho siempre y lo hará por
naturaleza.

Este libro va dedicado a quienes son casas.
Siendo un espacio en donde hay movimiento, sonidos, basura,
desorden momentáneo e imperfecciones.

Una casa es eso.

Porque hay vida dentro de ella.
Porque hay actividad.
Porque hay uso.
Porque quienes la habitan, la habitan de verdad.
Porque quienes la ocupan, la circulan.
Porque hay realidad.

La casa así demuestra estar viva.

Sin movimiento, ni basura, ni imperfección deja de ser casa.
Un set sí, tal vez. El set es falso. Solo sirve de
escenario. Con personajes que lo habitan solo cuando alguien
los observa. La casa es real. Existe y respira. Con personas
de la vida real que la viven día a día, bajo el sol y bajo
la luna, en los momentos fáciles y en los difíciles.

A los que empiezan a entender que está bien dejar entrar
personas a la casa cuando no está impecablemente organizada
sin sentir culpa y sin sentir la necesidad de disculparse.

AL CONTRASTE.

A ti.

CONTENIDO

I

¿DUDAS?

El portazo sonó definitivo, como lo fue su silencio. Nunca había detestado algo con tanta fuerza como detesté el sonido violento que quedó al tirar la puerta.

Me traté de engañar, pensando que si lo calificaba como el sonido más irritante del mundo era únicamente debido a mi reciente necesidad (casi obsesiva) de neutralizar cosas irracionales que me molestaban porque sí, y que esta era una nueva para mi colección. Hacían parte de ella la ropa cuando se mancha porque se le regó un poco de jugo encima, el sonido de las gotas de agua cayendo de una ducha mal cerrada, los envases del shampoo y del acondicionador cuando quedan torpe y aleatoriamente distribuidos en el espacio de la ducha después de ser usados, el libro que por algún motivo desconocido no está alineado con el resto y, ahora, uno nuevo: el sonido resonante de esa puerta al cerrarse. Me hacía eso porque estaba tan enojada que no quería escuchar ni mis sentimientos.

Parada afuera de su apartamento, separadas por la puerta y por su decisión de acabar con lo nuestro, vi pasar en unos segundos varios recuerdos a su lado: D amenazándome con besarme aquella vez en su cumpleaños, D tomándome de la mano por primera vez en público y mis nervios casi infantiles despertándose, D cuando por primera vez pasó sus dedos por mi piel desnuda y enloqueció mi mundo, D riéndose a carcajadas por algún gesto tonto que hice, D dividiendo en dos el que, según ella, era el mejor plato de ramen que había probado en su vida para que yo pudiera experimentarlo como ella lo hacía…

Ahí fue cuando todo dejó de tener sentido. Las imágenes casi que se derretían en mi mente justo cuando las terminaba de armar.

No era posible que esa fuera la misma persona que, con una expresión indiferente y con los ojos esquivos y fríos, había dejado que me fuera de su vida.

Ni siquiera se trataba de que ella hubiera "dejado" algo; no había un culpable, no había un suceso enorme al cual responsabilizar, no era el universo arrebatándome de ella, no era un daño colateral, era su voluntad. Ella lo había decidido. Eso no duele, arde.

Y tampoco se trataba de mí "saliendo de su vida". Era nuestra vida entera escapándose, como si se tratara de un líquido vivo y sin piedad, de nuestros dedos. Como si mirando nuestros dedos (y nuestra vida juntas atravesándolos), inmóvil, estuviera ella, y en cambio yo, moviéndolos de todas las formas, uniendo mis dedos con los suyos, gritando las palabras que fueran, rezándole a todos los dioses, desesperada, intentándolo todo, lo que fuera, para detener lo indetenible.

Y entonces caí de golpe en aquella realidad.

Agarré el *hoodie* que colgaba de mi morral, me tapé los ojos, los oídos y la cara con él y, con las manos sobre la boca, grité. No podía creer lo que nos estaba pasando.

Nosotras nos amábamos de verdad, confiábamos en la otra como si se tratara de aire para respirar, soñábamos despiertas al unísono y disfrutábamos como niñas chiquitas de las cosas más simples. Y no por las cosas, sino porque las vivíamos juntas. Nosotras éramos capaces de todo. ¿Nosotras seguíamos siendo las mismas "nosotras" que yo estaba viendo en mi mente? No sé. Porque las "nosotras" que yo conocía se agarraban de la mano cuando una de las dos tenía miedo y no se soltaban hasta invocar efectivamente la supuesta e imposible calma.

¿Quién era esa persona que se quedó dentro del apartamento? No la reconocía.

¿Quién era esa persona que estaba fuera y que se suponía que era yo? No tengo ni la menor idea.

Me pregunté entonces cuándo empezó. Yo sabía que las parejas no terminaban el día que se decían adiós. Debía haber montones de señales sembradas en los últimos meses. Es algo en lo que he pensado antes miles de veces. El problema es que los personajes principales de esos pensamientos nunca fuimos nosotras. Y yo me preguntaba ahora cuál había sido el principio de nuestro fin.

Me tapé los ojos y me abrumó una lluvia dolorosa de dualidad.

Quería correr, pero al mismo tiempo quería quedarme. Y quería espacio, pero también quería contención.

Quedarme, pero con ella y con su contención, ninguna otra.

Sin embargo, había sido ella, D, quien había decidido mi soledad. Y sin ella a mi lado yo no podría haber sido capaz de recibir, o de tolerar siquiera, la presencia de nadie más. Y bajo esos términos ganaba el lado de mí que sí quería carencia de compañía absoluta.

—Ábreme, te lo ruego. —Golpeé su puerta una, dos, tres veces.

La puerta vibró. Adentro del apartamento empezó a sonar música y entendí que era la forma en la que D me decía que no quería escucharme. Era D diciéndome que prefería que yo me fuera. Negué varias veces con la cabeza.

Me agobié exponencialmente al percatarme de que el eco que la puerta había producido al cerrarse aún retumbaba en mi interior y que cada vez lo hacía con mayor intensidad. Me terminé de desesperar al imaginar que el aumento progresivo de la intensidad de ese sonido en mi interior era exactamente proporcional al sonido de mi corazón deshaciéndose.

Minutos después se abrió el ascensor. Era uno de los porteros.

—Niña, ¿se encuentra bien?

—…

—¿En qué puedo ayudarle?

Yo no decía nada.

—Mire que todos los vecinos están asustados. Creen que le pasó algo muy malo.

Intenté sonreír solo para tranquilizarlo, pero fue inútil. Me sorprendió la imposibilidad de producir palabras.

1. Volví a sentarme en el piso.
2. Intenté silenciar el llanto.
3. Recé para que me dejaran sola.

Pedí regresar el tiempo y hacer mejor las cosas para ganarme otra vez el amor de D.

El portero llamó al ascensor, pero no sin antes decirme que me quedara tranquila, que seguro ya mi mamá venía a buscarme, que no me preocupara. Respiré profundo.

Sal en la herida.

No podía haber un peor momento para escuchar esa frase.

Mi mamá..., pensé.

Mi mamá también me había dejado años antes.

En su caso, no por decisión propia.

Miré a los ojos al portero y le agradecí el esfuerzo. Recosté la cabeza sobre la puerta y cerré los ojos.

Hice una cuenta regresiva, pues quería entender lo que acababa de pasar: la confusión del portero al decir que mi mamá vendría por mí, la música a todo volumen, la puerta que se cerraba a mi espalda, mis pasos hasta la puerta, los ojos de D que huían de mi mirada, mi pregunta sin respuesta, las letras (una por una) que usé al decirle «dime, ¿es que ya no me amas?», la nada como consecuencia…

¿*Este es el final, D?* Su silencio. ¿*Quieres que me vaya, D?* Su frialdad. *Maldita sea, di algo.* Su quietud. ¿*Quieres terminar?* Las lágrimas de ambas.

Una pregunta que quizá no debí hacer. *Dime, D, ¿por qué siento que no eres feliz cuando estamos juntas?*

> *Las despedidas.*
> *Es mejor morir primero,*
> *es más fácil irse antes,*
> *ser quien deja de amar.*
> *Aunque creas que te duele más,*
> *es solo la culpa lo que te pesa,*
> *no el desamor.*

Escuché a lo lejos el sonido del ascensor y unos pasos corriendo hacia mí. Me llevé una mano hasta el pecho para tratar de contener mi corazón, que se aceleraba, y sentí un olor familiar:

—¡Mi amor! —Era su voz la que me hablaba—. Ven acá, no me gusta verte llorar...

Abrí los ojos y un brillo absoluto me nubló la vista. Me tomó varios segundos entender qué pasaba. Estaba en mi cama, congelada de frío porque había dejado la ventana abierta, incómoda porque me había dormido en una posición extraña después de leer hasta tarde, había olvidado quitarme la ropa, y nerviosa porque soñar con que D me dejaba y con la voz de mi madre era una carga bastante difícil de sobrellevar.

Suelo soñar mucho y para mí no es tan solo algo emocional, también es físico, porque sueños como este me dejan tanto el alma cansada y confusa, como el cuerpo energizado, pero casi que adolorido. Cuando sueño que mi mamá me visita me lleno de esperanza en el alma, pero también de adrenalina en el cuerpo. Me arde con energía lo que creo que es el espíritu y los músculos se activan para la carrera de mi vida. Me despierto emocionada y con afán de que mi cuerpo responda para correr y lanzarme a su lado, para esconderme en su pelo revuelto y respirar su olor hasta que mi mente, con crueldad, me saca de la fantasía:

Ella ya no está.

Una especie de castigo (no el hecho de haberla soñado, claro, eso jamás, eso lo considero un regalo divino), que me obliga a asimilar que solo nos podremos volver a ver en otra vida.

También tengo otro tipo de sueños, como el de anoche. De estos me despierto con angustia y con afán de reparar lo más pronto posible aquello que creo que hice mal. Me siento como un huracán, culpable de todo el daño que dejo a mi paso. Otra fantasía. Hasta que la calma empieza a inundarme y a recordarme que no es así, que todo está bien, que yo no he hecho nada malo. No durante esa noche.

No me sorprende haber tenido este sueño justo ahora. Pronto será nuestro tercer aniversario y, según lo que he podido ir observando a mi alrededor, es algo que para algunas relaciones (sobre todo modernas o extremadamente antiguas) puede pasar sin generar una gran (o ninguna) alteración, pero que para otras aún tiene una gran importancia. Es fácil encontrarse con cualquiera de los dos extremos. En mi caso, que se acerque nuestro tercer aniversario tiene un significado más específico. Siempre he detestado la dramatización de las fechas. Pero esta vez no se trata de la tradición, ni del consumismo que tanto me molesta, ni de un deber. Esta es mi primera y única relación.

Esto me importa de verdad.

Ella me importa de verdad.

Nuestro primer aniversario fue sorpresivamente uno de los días más felices de mi vida. D se rio con ternura durante todo el día porque yo no tenía cómo procesar tanta alegría, porque no paraba de sentir que era la mujer más afortunada.

Un
Año
Juntas.

Eso era lo único en lo que podía pensar entonces.
Ahora se trata de lo mismo, pero triplicado.

Multiplicando lo que hemos visto, probado,
sentido y experimentado,
por el número 3.

365 días más a su lado.

Sumario de otros 12 meses llamándola "mi novia". Entendiendo que ella es solo suya, pero que decide compartir la vida conmigo.

Para terminar de reponerme del mal sueño escribí en mi diario cada detalle de él, luego me levanté de la cama y me metí a la ducha. Me invadieron preguntas autónomas: ¿y si un día D me deja? ¿Y si un día nos separamos? Era la primera vez en tres años que pensaba en eso. Me asustó haberlo hecho. Sacudí la cabeza para espantar esas ideas intrusas. Dejé que el agua cayera en mi rostro para lavar la angustia que aún había en mi piel. Me hallé absurda a mí misma al darme cuenta de que tenía un poco de enojo con D por haber peleado conmigo en un sueño y quise reconciliarme con ella enseguida. Cuando salí le mandé un mensaje a la D real, a la D que me ama, no a aquella otra que se fue de mi lado mientras dormía:

Si nos vemos hoy, me debes un beso que dure más de un minuto. Solo así te perdono.

Pasaron unos segundos hasta que D respondió.

No tengo ningún inconveniente con lo del beso de un minuto.
Puede ser de cinco, si quieres. Pero, explícame, ¿por qué per-
donarme?

¿Qué pasó?

Tenía que hacerlo, no podía ser de otra manera.
Peleamos anoche. Fuerte. En mi sueño.
Si hubiéramos estado una al lado de la otra, la carcajada de
D habría hecho vibrar el piso.
Me hiciste reír. Yo pago la deuda sin quejarme, pero, por
curiosidad, ¿por qué peleábamos?
Sentí un poco de vergüenza.
Eso es lo único de lo que no he podido acordarme. En fin.
Te perdono.
Pero disfrutaba de lo que estaba pasando.
¿Perdóooon? Debería perdonarte yo a ti, no tú a mí. Pero,
fuera de chiste, no quiero que eso pase. Ni viniendo de mí ni de ti.

Sonreí.

La amo.

Fui hasta el comedor mientras me secaba el pelo con una toa-
lla. Me acerqué a Alana y la despeiné mientras nos saludábamos.
—Al parecer hoy son buenos días —dije.
Papá y ella cocinaban un desayuno de reyes.
—Buenos días, mi amor —respondió papá.

Había frutas, jugo de mandarina, tostadas para untarles mermelada y solo faltaban los *omelettes*, que Alana preparaba justo cuando llegué a la cocina.

—Si seguías durmiendo ya iban a ser «buenas tardes» —bromeó Alana. Todos nos reímos y enseguida me puse a organizar la mesa.

A eso se había reducido mi papel en la familia desde que en Alana se había despertado la pasión por la cocina y aprovechaba cada oportunidad para intentar una nueva receta.

Ayudé a llevar los platos y otras cosas a la mesa mientras mi papá y mi hermana seguían en la complicidad del momento. Eran un equipo perfecto, se reían, se retaban y se celebraban. Por un segundo recordé cómo habían sido las cosas unos años antes, con la muerte de mi mamá y con el duelo de Alana que parecía que no iba a acabar.

Su duelo casi que parecía renacer a diario, justo ahí, en los alimentos, en la cocina, en la receta, en cada plato que se servía sobre la mesa y en su déficit de apetito. Como si se castigara por ser (humana) y por necesitar (alimento).

Pensé en que mi hermana ha venido entendiendo que mamá lo único que puede pedirle desde el cielo es lo opuesto: que duplique el disfrute de la vida, que lo haga por ambas.

—¿Estás bien, amor? —me preguntó papá.

—Sí, sí... me elevé. ¡Comamos! Tengo muchísima hambre. ¿Ustedes no?

Compartimos lo que nos pasó en la semana a cada uno y, por mi parte, desahogué con ellos el estrés que me genera mi trabajo final de la universidad. Me abruma la sola idea de que sea eso: mi final, pero el verdadero centro de atención era papá, que se llevaba todos los méritos porque hacía poco había renunciado a su trabajo de toda la vida, un trabajo cómodo y estable, pero del que él llevaba tiempo cansado. Así que había empezado su propio emprendimiento de diseño industrial. A mí me conmovía porque por primera vez le estaba haciendo honor a su pasión por la creatividad y a sus sueños. Todo, por fin, marchaba bien en nuestra familia: Alana estaba llena de alegría, a gusto con la comida, la familia y con estar viva, y yo estudiaba, trabajaba, amaba a D y aprovechaba todo el tiempo posible para leer y escribir. Ese mismo día, por cierto, tenía turno, así que me apuré para salir a tiempo.

Un rato después estaba llegando a Mocca y, como siempre, entre las manos llevaba el libro que leía en ese momento. No olvido el libro de ese día porque resultó ser un día muy especial. Y cuando se aman los libros como los amo yo, se convierten en detalles muy precisos que se adhieren a recuerdos. *Aprendizaje o el libro de los placeres*, de Clarice Lispector. Al doblar la última esquina que me llevaba directo a Mocca, sonreí y, como me sucedía últimamente sin que yo lo planeara, empecé a imaginar que yo era una escritora, publicada y reconocida, y que en vez de ir a Mocca a preparar cafés, estaba yendo a la presentación de mi primer libro. Al llegar al café mi ritmo cardíaco se elevaba al límite porque me imaginaba a los lectores ahí esperándome, con expectativa, con contextos misteriosos y con mi libro en sus manos… pero al cruzar la puerta era yo, otra vez, riéndome de mí misma y con pudor por mi fantasía. Guardé el libro que aún traía en las manos dentro de mi mochila y con él también mi sobrepensamiento.

Adentro no me esperaban mis lectores, sino que me esperaba Guillo, que se rio, a su vez, de mi sonrisa y de que hubiera llegado murmurando. Me disculpé, apenada. Guillo me pidió que nos sentáramos un momento a hablar y al instante la sonrisa se me borró del rostro. Por mi cabeza se pasaron, en un segundo, todas las cosas que pensé que había hecho mal en las últimas semanas y no pude evitar imaginar que Guillo me diría que, por alguna de esas cosas, ya no podría seguir trabajando en Mocca.

Fatalista.

Eso es lo que ocurre conmigo. Siempre es más fácil imaginarme el escenario negativo, el error, la falencia, lo que olvidé, lo que me falta, lo que rompí, el regaño…

Pero, para mi sorpresa, lo que Guillo tenía para decirme era que tenía una oferta laboral para hacerme: dirigir un club de lectura dentro de Mocca.

Acepté sin dudarlo. (Y diría que también sin procesarlo). El hecho de que fuera una buena noticia, cuando estaba presintiendo lo opuesto, pudo tener que ver. Sentí que se trataba de un ascenso soñado y no era ser escritora, pero casi. Dije gracias muchas veces. Demasiadas, tal vez.

—Sabes que me estás haciendo un regalo, ¿cierto?

—Lo sospechaba.

—¿Y quién decide los libros que se leen en el club?

—Tú.

—¿Mi qué?

—Tú, tú.

M

—¿Te refieres a mí?

—Me refiero a ti, sí. Piensa bien qué libros vas a poner a leer a esta gente que pide a gritos un club de lectura.

Seguro que lo haría, pero antes de hacerlo todo lo que quería era correr a donde D y contarle lo que había pasado. Y así lo hice cuando acabé mi turno aquel día.

D me vio entrar por la puerta tan acelerada que no pudo hacer más que asustarse. La besé con fuerza y corrí al sofá.

—Te tengo que contar la cosa más emocionante que me pasó hoy. Siéntate ya mismo.

—Yo pensé que había sido verme —dijo.

—Corrijo, la segunda cosa más emocionante que me ha pasado hoy.

—Pensé que había sido besarme.

—Está bien, la ter...

—¡Cuéntame ya!

Entonces le conté de la propuesta para dirigir el club de lectura. Le expliqué también lo que haría, que tendría que preparar un cronograma de lecturas para un trimestre con un encuentro semanal; le dije que elegiría solo novelas cortas para leer la mayor cantidad de autores posibles; le dije que, claro, cómo no, incluiría *Así es como la pierdes*, *El amante de la China del Norte*, *Sostiene Pereira*, *Aprendizaje o el libro de los placeres*, *¿Por qué ser feliz cuando puedes ser normal?*, *Desayuno en Tiffany's*. Le dije que los volvería a leer antes de definir la lista porque no podía hacerlo mal, porque era la oportunidad de mi vida, porque seguro iría gente muy leída al club, porque todos estarían ahí sentados y esperando que yo guiara las sesiones y porque, claro, en las primeras sesiones la gente sería un poco tímida para hablar, por eso era necesario que yo, como moderadora, no lo fuera...

Tragué saliva al escuchar mis propias palabras.

A mi pánico escénico le sumé el darme cuenta de que con el trabajo final (y más importante) de la universidad, mi familia, mi trabajo en Mocca y mi novia no tenía idea de en qué momento iba a dormir.

D se dio cuenta de que yo empezaba a aterrarme y, con su característica forma de ver las cosas, me recordó que los libros son mi lugar seguro. Me dijo que no dudaba, ni por un instante, que lo haría muy bien y que todos saldrían eufóricos de cada sesión. Entonces me sonrió en completa paz y, como parte de su magia, terminé por sonreír yo también.

A veces nos imagino como un par de caricaturas en donde D tiene un "Manual de M" que lee cuando ni yo misma sé qué hacer con mis miedos, con la vida. En ese manual existe un capítulo, el tercero, llamado así:

Para cuando M entre en pánico fulminante.

En él, D encuentra cómo hacerme ver mis pensamientos ansiosos desde otro lugar, uno más tranquilo, y solo así, con su ayuda, puedo regresar al presente sin perderme en futuros tenebrosos. Es una obra que se escribe únicamente cuando D la abre y empieza a leerme, a descifrarme, como yo misma no soy capaz de hacerlo. Lo lindo es que D lee sin ningún texto en mano, como si las palabras se sobrepusieran ante sus ojos, solo para ella. Al escucharla me reconozco en cada palabra que sale de su boca. Solo entonces digo fuerte, dentro de mí: *sí, claro, es así, ¿cómo no lo pensé antes?* Pero nunca se me ocurre antes porque mientras en mi cabeza habitan cientos de historias, cientos de mundos, D puede sentarse en calma a estudiarme, a aprenderse mis formas, a anticiparme. He intentado hacer lo mismo con ella, he intentado estudiar sus movimientos, sus páginas y sus letras para, algún día, brindarle lo mismo que ella me ofrece a mí. Pero no me sale tan bien como a ella... Por suerte D me tiene paciencia y es también porque sabe que, si cada una de nosotras fuera un libro, el suyo sería mucho más complejo de lo que sería el mío. Yo siento que para leerla se requiere de mucha práctica porque D está tan repleta de los mejores giros de trama en la historia y la habitan tantos mundos, tantas formas y tantos modos que definirla es limitarla.

—Te van a amar —me dijo D.

La miré, confundida.

—Los afortunados que van a inscribirse al club te van a amar —respondió, mirándome con amor.

Sonreí hasta por dentro.

—En todo caso, la más afortunada soy yo porque puedo hacer esto —dije y le di un beso.

Pasé los días siguientes en una lucha constante entre mis sueños y mis miedos. Hice una lista larguísima de libros, de autores, de temas y, de manera casi inconsciente, hice otra (imaginaria) mucho más catastrófica (y larga) de todas las cosas que podían salir mal.

Planeé sesiones con frenesí y cuando sentí que la cabeza se me iba a estallar, mi papá, siempre él, se acercó hasta mí y me preguntó si planeaba dirigir una maestría en literatura o un club de lectura.

—Me voy a volver loca —reconocí.

—Divide y reinarás —dijo él con una sonrisa.

—Desarrolla tu idea, por favor.

—Elige un tema, un género y una idea. Luego elige los libros y así vendrán los participantes.

Y se fue, como si aquello fuera suficiente. Y lo sería, pero a mí me faltaban días para descubrirlo. Antes de hacerlo estuve una semana más enloqueciéndome con la tarea de definir autores, formatos, conversaciones y anticipar posibles conflictos hasta que una tarde, mientras releía partes al azar de mis libros preferidos, lo supe por fin. La primera temática del club de lectura sería *Libros para regalar sin ningún motivo especial*. Elegiría libros cortos, novelas o compilaciones de cuentos y así podríamos leer un libro para cada encuentro. Que se uniera a quien le gustara la propuesta. Guillo me pidió que preparara el programa de un trimestre y eso hice. Elegí doce novelas cortas y, claro, decidí empezar por *Desayuno en Tiffany's*, de Truman Capote.

El día de la inauguración del club estaba tan nerviosa que casi no logro bajarme del carro de D. Estaba paralizada de miedo y prácticamente adherida al asiento de cuero *beige*. D, sentada a mi lado, hizo todo el silencio posible mientras yo enumeraba mis defectos y las debilidades de mi carácter, mientras trataba de convencerme y de convencerla a ella de que sería un desastre. Al final le pedí a D que por favor entrara a Mocca a buscar a Guillo, que lo trajera hasta el carro para disculparme y explicarle por qué, aunque deseaba hacerlo, creía que lo mejor era que yo no estuviera a cargo del club de lectura.

Me avergüenza recordarlo porque me cuesta aceptar cómo mi ansiedad tomó tanto control sobre mí que me hizo incluso creer que era aceptable no ser yo quien entrara a renunciar, sino que, además de todo, era D quien debía ir por mi jefe y llevármelo hasta el carro para que yo pudiera renunciar.

Paralizada en cuerpo, pensamiento y sentido común para variar.

D me dejó hablar sin hacer una sola interrupción y al final, después de un largo silencio, me dijo:

—Lo que quieras que yo haga se puede hacer. Puedo bajarme ahora e ir a buscar a Guillo para que le repitas a él la lista de tus miedos si de verdad es lo que quieres, pero entonces voy a ser yo quien no podrá perdonarse por dejarte cometer ese error. Si no puedes creer en ti por ti misma, al menos cree en mí cuando te digo que, con la entrega y la pasión que le has puesto a esto, no hay forma de que algo salga mal. No sabes yo cómo quisiera tener, aunque fuera un poco de la certeza que tú tienes de cuál es tu pasión en la vida. Confía en eso.

Luego extendió la mano para entregarme el libro del que hablaríamos ese día y lo sostuvo en el aire todos los segundos que me demoré en decidirme.

La sensación de frío interno me abandonó.

Tragué saliva.

Por unos segundos volví a mi centro.

La besé antes de bajarme, la besé con pasión mientras me preguntaba qué sería de mí si no la hubiera conocido y la besé antes de que esos segundos se fueran despavoridos junto con mi centro.

—Igual hoy no puedes entrar al club —dije. D no reclamó, la conversación de mis nervios incrementados por su presencia la habíamos tenido ya varias veces.

Respondió con una sonrisa.

Entré temblorosa a Mocca. Miraba al piso como si buscara algo que se me hubiera caído; valentía, quizás. Faltaban quince minutos para empezar, entonces fui hasta el pequeño salón en donde sería el encuentro y lo organicé. Mi compulsión por el orden me disfrazó el pánico. Una pequeña mesa como origen de un círculo de sillas. Puse diez sillas porque Guillo me dijo que era el número de personas que se habían acercado a preguntar. No había ningún inscrito oficial. Y me senté a esperar. Releí las preguntas, las anotaciones, las partes del texto que quería leer. Estaba tan nerviosa y concentrada que no sentí llegar a una, a dos, a tres personas. La cuarta persona en llegar carraspeó un poco y entonces salí del ensueño.

—Buenas tardes —dije.

—Buenas tardes —respondieron.

Silencio.

Olvidé todo. Olvidé por qué estaba ahí, olvidé quiénes eran esas personas, olvidé quién era yo, olvidé el libro que tenía entre las manos, olvidé que tenía una lista de preguntas, olvidé que propuse un tema, olvidé que no estaba ahí para servir cafés.

—¿Tú eres quien dirige el club de lectura? —preguntó alguien.

—El club de lectura —dije, sin salir de mi asombro.

—Sí, estamos aquí para hablar de *Desayuno en Tiffany's*, de Capote.

—Claro —respondí—. Vamos a hablar de Capote, de *Desayuno en Tiffany's*, de Nueva York. Espero que todos hayan tenido tiempo de leerlo. ¿Es así?

Al ver que todos asintieron, empecé a hablar.

Algo nuevo se apoderó de mí y las palabras salieron como agua que corre, libre y sin pensar.

—Para los que no me conocen, estudio Literatura y trabajo en este mismo lugar como barista desde hace unos años. Tengo la sospecha de que por concentrarme más en las conversaciones sobre libros con ustedes que en los *espressos, cappuccinos, flat whites y lattes* que debo servir, Guillo, mi querido jefe y líder de este lugar, decidió ofrecerme que organizara este encuentro con lectores para que yo pudiera venir aquí a hablar de libros con ustedes y no perdiera mi otro trabajo...

Me desconcentré terriblemente.

—Y esta persona que acaba de entrar es mi novia, que, aunque vino sin mi autorización (de hecho, muy en contra de mi voluntad), en este punto es muy bienvenida.

COPIA DE LLAVES
DEL APTO DE D

VELA QUE
HUELE A
PASTELERÍA

BOLÍGRAFO
FAVORITO

MIL Y UNA
OPCIONES
DE
LIBROS

FÓSFOROS

INTENTO
DE
ORDEN
MENTAL

NUEVA MARCA
DE CAFÉ
QUE LLEGÓ A
Mocca y QUE
AMÉ TANTO
QUE COMPRÉ
PARA LA CASA

Verla ahí, como lo sabía, me puso más nerviosa. Pero verla ahí, como nunca hubiera considerado, también me llenó de ganas de lucirme y de hacerlo bien.

Aunque genuinamente consideraba estar dando el peor discurso de apertura del universo, la transparencia de mi diálogo pareció relajar el ambiente y me dio la impresión de que alguno que otro me sonrió con la mirada.

Pensé que no podría hablar delante de D, pero, al contrario de lo que creí, ella me hizo sentir como si ya nada pudiera detenerme en el mundo.

—Propuse esta novela porque habla del deseo de libertad, del deseo de encontrar nuestro lugar en el mundo, y porque Nueva York brilla ahí. Quiero leerles algunos apartes que me encantan de esta novela…

No entregues nunca tu corazón a un ser salvaje porque, si lo haces, se vuelve más y más fuerte hasta que adquiere la fuerza suficiente para volver al bosque o volar hacia un árbol. Y luego, a otro más alto hasta que desaparece en el cielo.

Después de un rato largo, uno de los participantes me dijo que lamentaba mucho tener que irse, pero que tenía un compromiso. Entonces miré mi reloj y me di cuenta de que nos habíamos pasado cuarenta y cinco minutos del tiempo programado para el encuentro. Les pedí disculpas a todos por el despiste y les dije que los esperaba en una próxima ocasión. (En mi mente cruzaba los dedos para que fuera así). Sentí cómo mi timidez volvía a incorporarse a mí, como si le hubiera dado toda la pereza del mundo quedarse conmigo mientras hablaba de libros, pero ya que el libro se había cerrado en mis manos, el interés y la curiosidad de habitarme le hubieran vuelto.

El primero en acercarse, cuando ya los cuatro participantes se habían ido, fue Guillo, que me felicitó luego de habernos espiado. Estaba impresionado, me dijo, sobre todo por mi manera de liderar la sesión. Según él, soy metódica y responsable sin dejar de ser carismática y sensible. Cuando me lo dijo pensé que tal vez ser introvertida era donde yo había encontrado mi poder porque, si acaso aquello que él decía era cierto, yo me había convertido en esa persona gracias a mi timidez. Me alegró descubrir que mi carácter reservado no era un obstáculo como el mundo me lo había querido hacer creer. De pronto mi timidez no se había desligado de mí, sino que se había aliado conmigo, mostrándome nuevas facetas suyas. No seguí ningún prototipo y no porque no sonara tentador, sino porque simplemente así no era yo. Después de Guillo se acercaron mis compañeros de trabajo a felicitarme, como si estuviera presentando mi primer libro.

—¿Les firmo un autógrafo? —bromeé, nerviosa, cuando detrás de todos ellos vi los ojos de D que me miraban y me tranquilizaban.

—Hiciste trampa —le dije, estrenando nuevos nervios cuando por fin pudimos hablar.

—En la guerra y en el amor todo se vale.

—¿Ah, sí? Hasta ahora me voy enterando de que aplicamos esa frase tú y yo… La tendré en cuenta.

La miré con sospecha en los ojos y con una sonrisa que se me escapaba de la boca.

—¿Cómo creíste que me lo iba a perder? —me preguntó antes de besarme—. Lo que sí pasó es que casi siento celos cuando te escuché hablar así de Nueva York: terriblemente enamorada.

—Celos válidos, ya que lo dices, porque sí me emociona y hasta me pongo nerviosa con solo pensar en ella.

Me puse seria de repente. D me miraba y sonreía.

—¿Y por qué no has ido aún?

—En mi cabeza he estado ahí miles de veces.

Me gusta pensar que puedo aprendérmela sin haber ido todavía; tengo ya mentalmente mis restaurantes favoritos, recorrí sus calles con cada libro que leí ambientado en ella, tengo el itinerario pensado para cada estación del año. He pasado mañanas enteras en Central Park, tengo una nota en mi teléfono con nombres de librerías regadas por Brooklyn y Manhattan, voy a DUMBO cuando empieza a atardecer, doy una vuelta de 360 grados sobre mi propio cuerpo, tan despacio como puedo, y coqueteo con la idea de ser ahí o, incluso, de ser otra persona, una que no le tiene miedo a nada, que se ríe alto y que tiene el poder de convertir a desconocidos en amigos.

—¿Sabes qué cosa se me escapa siempre sin importar cuántas veces la visite en mi mente? El olor de esa ciudad. Nunca, ni en mis sueños, ni en mi imaginación, he podido sentirlo. A veces lo siento venir, pero justo cuando más se acerca a mí algo se lo lleva. Lo que sea, pero algo se lo lleva siempre.

D sonrió más fuerte.

Ya sabía lo que tenía que hacer, solo debía elegir el momento preciso. A lo mejor esa sensación de que había preferido una forma demasiado sencilla era precisamente un indicativo de que era la correcta...

Pero ¿y si no?

¿Por qué en un simple papel?

Me sentí tonta.

—Bueno, ¿y qué tal? ¿Sí te gustó? —me preguntó M, limpiándose las manos en el delantal.

—Mmm... —murmuré mientras me comía ya el segundo *cronut* de un solo bocado. La textura era tan crocante que sonó como si estuviéramos en un comercial de televisión. Cerré los ojos para saborearlo bien. Probé el relleno de Nutella y me costó no aplaudirle con urgencia. M lo había cocinado sola.

M llevaba varias semanas intentando perfeccionar alguna receta para desmentir la inexistencia de su talento culinario. Habíamos hecho una apuesta. Yo, que siempre confío en M y en sus habilidades más que ella misma, me encontraba en la posición contraria por primera vez. Me daba pánico tan solo imaginarla en una cocina sin mí. Y no porque fuera un tema de

D

dependencia, sino porque M vive en otro planeta y es una profesional en el arte de la distracción, así que cualquier estímulo auditivo o visual, que el resto de los humanos no percibiríamos, es suficientemente poderoso como para secuestrar la atención de M. Y M, que suele no creer en ella misma y sus talentos, también había decidido innovar esta vez. «Cuando uno quiere, puede», me dijo. Lo había logrado, me había dejado callada, pero quería jugar con ella un poco. Dio la vuelta sin quitarme los ojos de encima hasta quedar a mi lado.

—¿Aló? Dame un puntaje, el que sea. Lo puedo soportar.

Casi se me sale una sonrisa. Me detuve. Quería postergar mi veredicto lo que más pudiera. Moví con las manos el desorden que estaba sobre el mesón y le hice una señal para que se sentara encima. Me hizo caso de inmediato.

—Mmmmmm…

—Dilo de una vez, por favor.

—Los mejores de mi vida —dije—, como todo contigo.

—Número uno, no te creo. Y número dos, ¿estás decorando la burla con romanticismo?

Entre incrédula y burlona, M puso los ojos en blanco.

—Te amo —me dijo con una seriedad especial.

—Yo te amo más, aunque eso no evita que me sorprenda el hecho de que todavía exista la cocina. Increíble —me burlé y le di la espalda para servirnos agua a las dos.

Unos segundos después, al voltearme, encontré su rostro travieso a unos centímetros del mío. Y antes de que pudiera detenerla, M pasó sus dedos, untados de Nutella, por mi cara. Lo hizo despacio, como quien disfruta lo que hace, mientras yo me tragaba las ganas de hacer algo. Solo pude reaccionar cuando M empezó a correr y yo, que soy más alta, la atrapé en dos pasos. Entonces pasé mi cara llena de chocolate por la suya. En algún intento de escape fallido llegamos al piso. Nos llenamos la ropa de harina y azúcar. Nada importó. Me recosté a su lado en el suelo. El desastre que habíamos hecho era la escena perfecta.

M sonreía mirando al techo.

—Oye…

Me senté y llevé la mano hasta el bolsillo donde lo tenía guardado. Dudé un momento.

—¿Qué haces? —preguntó mientras se sentaba también. Lo saqué con cuidado.

—No te creo. ¿Una sorpresa? —dijo M con angustia.

—Te juro que se me acaba de ocurrir —le aseguré con tono sarcástico y subí las manos como cuando alguien se rinde en las películas.

—Y yo no soy gay.

Me hizo reír mientras yo ubicaba las dos manos delante, con los puños cerrados, evidentemente ocultando algo dentro de uno de ellos.

M se levantó, fue a lavarse las manos, se las secó despacio y volvió a mí. Se sentó en el mismo lugar de antes, se peinó como si se preparara para algo grande, señaló mi mano izquierda al azar, la abrí (sorprendida de que le hubiera atinado) y tomó el pequeño sobre entre sus manos. Lo acercó a su rostro y lo olió. Antes de abrirlo respiró profundo mientras mis nervios crecían.

D

Cuando por fin lo abrió:

1. Sacó el contenido.

2. Lo miró.

3. Y entonces ya no se movió más.

No me miró e incluso (sonaré exagerada, pero no lo estoy siendo) parecía no respirar.

¿Decidí mal?, me pregunté enseguida.

Estaba tan asombrada por el silencio y la falta de reacción de M que empecé a sentirme apagada, ¿se estaba vengando de mí por mi silencio de antes?

—¿Qué es esto? —preguntó cuando por fin habló.

—Una propuesta o una invitación, como quieras tomarla. Silencio.

—¿Es propuesta o invitación? ¿Una de esas dos? ¿No es una broma? —preguntó.

Negué con la cabeza.

—D...

—Solo necesito de ti un sí.

Levantó la mirada y sus ojos casi verdes brillaban como nunca.

Decidí bien.

Sus ojos hablaban, pero su boca permanecía muda.

—Yo sé que no necesitamos nada más que estar juntas para que todo se sienta lindo, peeero ¿cumplir tres años juntas haciendo realidad uno de tus sueños? No suena terrible.

Silencio.

—¿El silencio es un sí en tu idioma?

Subió y bajó la cabeza, lentamente, como si tuviera miedo de decir que sí en un grito, como si temiera que fuera mentira o como si no tuviera derecho a recibir nada. Entonces volvió su mirada al papel que sostenía entre las manos y pronunció con delicadeza las dos palabras que yo había escrito:

Nueva York.

Me imaginé mil y una formas en las que D podría querer celebrar nuestro aniversario porque soy la más grande testigo de su latente amor hacia las fechas especiales; sin embargo, aparentemente jamás medí a qué nivel, porque se me ocurrieron todas las maneras (grandes, ruidosas y notorias) menos esa. Era un tiquete, y el destino: mi ciudad favorita en el mundo. Nueva York con ella lo significaba todo. Y cuando digo «todo» es en serio: porque me emocionaba hasta el fondo de mi sistema, pero también me hacía hasta sentir culpa. Era el espectro completo. Recibir un regalo así me costaba, no me sentía merecedora.

Después de oscilar por mucho tiempo (meses, para ser más clara, ya que la sorpresa me la dio con antelación) y de pasearme por el espectro completo de pensamientos y emociones que acompañaron el haber abierto ese papel y haber visto un itinerario de vuelo ya comprado para dos, acepté (internamente primero y luego de manera externa) la invitación.

Me permití recibir. Jugué a imaginarme que yo sí me merecía la novia que tenía, la relación que habíamos construido y el viaje que significaba celebrarnos.

D quiso, la noche antes del viaje, hacer un plan con nuestros amigos.

Sí, amigos. Y sí, nuestros.

Nunca me visualicé como una persona que se caracterizara por tener amigos. No soy, por naturaleza, ese tipo de persona. No tuve nunca el don de crearlos ni de mantenerlos. No me sentía cómoda con mucha gente alrededor ni me interesaba mucho la parte de escuchar los dramas de las vidas ajenas y mucho menos la de aventurarme a desahogarme con ellos sobre la mía. Para eso leía y para lo otro escribía. Desde pequeña eso me pareció mucho más inteligente, menos arriesgado y peligroso, más agradable con mis tiempos y mi preferencia por la soledad, y más elegante. Aclaro que sí experimenté a lo largo de mi vida relaciones amistosas y hubo un par de personas que consideré mis cómplices en distintas épocas. Es decir, si pienso en la palabra «amigo», en efecto se activan imágenes en mi mente y emociones en el corazón. Tampoco fui una persona absoluta y netamente solitaria, pero sí me movía siempre en el lado del termómetro de la «compinchería» en el que libro mata amigo, en el que esos «amigos» esporádicos de crecimiento no continuaron siendo parte activa de mi vida presente y en el que más de uno me sonaba a multitud.

Hasta D. Esa mujer hasta en eso me transformó.

Empecé a encontrarle gusto a abrirme al mundo, a tener amigos. A mi manera, claro. Sigo siendo más reservada, más silenciosa y más cuidada. Pero por lo menos ya no veo «libro» y «amigo» como competencia ni tengo la idea de que necesariamente uno sacrifique el otro.

Fue sintiéndome así como conocí a Cayetana en la universidad hace más de tres semestres. Lo más cercano a «mejor amiga» que he tenido, aparte de D, claro.

Su incondicionalidad hacia mí (o su amor hacia la literatura) la llevó a volverse parte del club de lectura, incluso. Recuerdo la primera sesión a la que asistió. En un primer instante todos la miraron como si se hubiera equivocado de destino. Cayetana no era lo que la gente esperaría de una amante de los libros por aquello de los estereotipos absurdos que tenemos sobre los demás y honestamente hasta de nosotros mismos, como si los que leemos y los *nerds* tuviéramos que vernos de cierta forma… Estúpido, muy estúpido…

Alta, delicada, de rasgos perfectos. Creo que todos los asistentes al club estaban teniendo, como yo tuve al inicio con ella, ese tipo de pensamientos que tenían que ver con su exterior al verla llegar y sentarse. Pero luego, ya iniciada la sesión en la que comentábamos *Del amor y otros demonios*, Cayetana pidió permiso para hablar y dijo que le disculpáramos el arrebato, pero que ese libro de García Márquez le parecía el más apasionado, el que contenía la historia de amor más ferviente de todos sus libros y de todas sus historias de amor y, sin más, leyó un fragmento y agregó:

—Quizá porque los amores más fuertes, los que más nos mueven, aquellos que nos hacen capaces de lo imposible y de lo indecible, son los amores prohibidos.

Después cerró el libro y se sentó.

Se hizo un silencio largo y profundo. Todos quedamos inmersos, seguramente, en nuestros amores prohibidos. Fue entonces cuando tuve la certeza de que el resto de los participantes estaban avergonzados y arrepentidos por haberla mirado con algo de soberbia. Era brillante.

Cayetana, aunque estudiaba en la misma universidad que yo, cursaba la carrera de Artes Visuales y coincidíamos solo en algunas materias. Era la más popular de todas las populares de la universidad, una fashionista consumada que siempre parecía salida de la mejor pasarela de modas o de la discoteca más exclusiva de la ciudad. Tenía un gusto exquisito. Todo lo que hacía era excelente. Todos a su alrededor envidiábamos un poco su manera de hacer mil cosas a la vez y de hacerlas todas bien. Y su lugar en el club de lectura no fue la excepción: siempre participaba con comentarios precisos y agudos. Cayetana era una lectora voraz y apasionada, se enamoraba de los personajes o los odiaba. Por eso se convirtió en una líder natural entre los participantes, que la escuchaban, embobados, por su manera tan fresca de decir las cosas complejas de la manera más sencilla.

A partir del cambio de perspectiva que tuve con respecto a ser más abierta con el resto de humanos, hace un año exacto decidí retomar mi amistad con Manuel, mi vínculo amistoso más fuerte del colegio y con quien viví toda la historia inicial de Lucca. Le escribí el día de su cumpleaños y gracias a eso me enteré de que estaba estudiando actuación. Decidimos sentarnos a hablar durante horas y desde ese café de reencuentro me permití, después de mucho tiempo, disfrutar de la compañía de un amigo que me vio, conoció y escuchó cuando yo era mucho más pequeña. Le hablé sobre D y se emocionó de una manera que no esperaba. Me contó que él tenía novio y solo entonces entendí su empatía. Me emocioné por él también.

Cuando D lo vio por primera vez con su piel perfectamente bronceada, pelo negro y cejas gruesas, vestido de manera llamativa, lo amó de inmediato. D dice que Manuel tiene los porcentajes de seriedad y de humor perfectamente balanceados y que pocas veces se divierte tanto con alguien como lo hace con él. Comparto la sensación.

Manuel nos presentó a Azul, una compañera suya de la universidad. Para describirla diría que es una mujer vibrante, culta, de personalidad y tono de voz muy fuertes, extrovertida y naturalmente social, pero intimidante y muy observadora a la vez, capaz de silenciar a quien sea sin pedirlo, centro de atención en donde aparece y ladrona de todas las miradas en público. Además, una de las cosas que más me llamaron la atención es que es hermética, tanto de adentro hacia afuera, pues no dice mucho de su vida personal (sabe esquivar muy bien las preguntas personales y cambiar el foco hacia quien le pregunta de manera casi imperceptible), como de afuera hacia adentro, pues no le gusta hablar de personas que no estén en el mismo lugar que ella. No es fan de «echar chisme» y no critica las decisiones o preferencias de los demás. «Si le funciona...», es lo que suele decir cuando alguien intenta entrar a ese terreno.

Desde la primera vez que D y yo estuvimos en su mismo espacio, no pararon los comentarios de sarcasmo ingeniosos y cada una se sumaba al tren que parecía no parar. Hubo química y nos llevamos muy bien, pues tenía cualidades muy características de D y otras muy mías. Fue natural empezar a hacer planes en donde estuviera Azul. Con el tiempo empezó a volverse un poco difícil compartir con ella porque algo de nosotras, o de D, o mío, no le gustaba tanto a su novia. Esto no lo sé porque Azul lo dijera, sino porque los gestos de su novia como reacción a comentarios y chistes que teníamos las tres lo demostraban. Tal vez me equivoco en cuanto al motivo, pero esa fue mi lectura. Y era una pena porque, efectivamente, empezamos a ver a Azul de manera más esporádica.

Otro de nuestros amigos era Andrés, amigo desde el colegio de D y quien detuvo (sin darse cuenta ni querer) el que pudo haber sido mi primer beso con ella en su cumpleaños de hace unos años. La luz apagada, las escaleras y esa voz que nunca pude olvidar interrumpiéndonos. La voz resultó ser una que, sin saberlo, escucharía mucho. La noche en la que lo conocí dudé de si él y yo podríamos ser amigos alguna vez. Desde la primera vez que lo vi, deduje que probablemente fue el «payaso de la clase» cuando estaban en esa época. Era ruidoso, llamaba mucho la atención, era rebelde y, según todos en la mesa, era muy gracioso. Algo de él me pareció un poco invasivo a primera vista. Sin embargo, a medida que fui conociéndolo mejor, me di cuenta de que estaba proyectando en él la sombra de personas con las que no tuve tan gratas experiencias en mi propia vida escolar, él no tenía nada que ver y aunque su personalidad difiriera con la mía, podíamos gozar de esas discrepancias sin que fuera tortuoso. Otro gran aprendizaje de vida. Andrés y su energía me resultaron muy agradables rápidamente y empezó a hacerme sentir cómoda en medio de situaciones de las que normalmente huiría. Él es chef y hace casi un año, cuando abrió su restaurante, se aseguró de invitar a D. Y ella le pidió un *plus one* para su novia (o sea, yo). Contra todo pronóstico, casi un año después me alegra haberme dejado llevar por su sonrisa fácil y su mirada amable.

De todos, sin embargo, mi amiga más cercana seguía siendo Cayetana y con ella la conexión era distinta. Nuestra manera de conectar era natural y sobrenatural a la misma vez, muy simple pero muy profunda. No considero que si nos hubiéramos conocido en otro lugar y momento hubiéramos llegado a eso, pero el ambiente de estudio lo hizo posible. A pesar de ser la chica más popular de la universidad, era una mujer con los pies en la Tierra y con una bondad que a veces rayaba en la exageración. Todos los días me escribía mensajes, me preguntaba cómo estaba y era extraño que no me llevara algún detalle (un video que encontró en internet que me ponía a reflexionar, una calcomanía, un dulce ácido o una recomendación de poesía) a clases.

Cayetana y D se llevaban increíble. La versatilidad de Cayetana permitió que encontraran en la moda un tema infinito de conversación. Podían hablar horas sin parar. Ambas, divertidas y con muy buen gusto, me recordaban a las protagonistas de *Clueless* cuando caminaban juntas para algún lado.

Ferreira, el novio de Cayetana, era un tipo seguro de sí mismo, relajado, sencillo y enfocado. D y yo coincidimos al conocerlo con que podía ser, con facilidad, uno de los hombres más atractivos y queridos que conocíamos. Ambas cualidades convivían muy bien en él. Era un emprendedor por naturaleza y tenía tantos proyectos funcionando al mismo tiempo que era imposible recordarlos todos. Se podría decir que es el típico hombre con el que una mujer (*straight*, claro) soñaría encontrarse: caballeroso, maduro, amable, con un sentido del humor único y con visión a futuro.

Con Ferreira y Cayetana logramos un nivel de conexión especial. Nuestros planes giraban alrededor de las conversaciones más difíciles, de la exploración de cómo nos sentíamos, de las emociones, de lo que no nos admitíamos a nosotros mismos, del duelo y de las tristezas. Nuestra amistad tenía una particularidad y era que se parecía un poco a ir a terapia.

Empezamos a mezclar personas y actividades y terminamos creando una especie de grupo sin planearlo. Por supuesto, por fuera de esas reuniones en donde nos veíamos todos, D seguía viéndose por su lado con sus amigos del intercambio, del colegio, los que conoció en sus estudios de moda y los que conoce cuando va caminando por ahí, en el ascensor o en el mercado, etc. Por mi parte, cuando quería ver a un amigo por mi cuenta, me reunía con Manuel para tomarnos algo y charlar o iba a la

M

universidad con Cayetana cuando teníamos clases juntas… De resto, siempre estaba con D. Disfrutaba más de todo si era con ella. Ya fuéramos D y yo y Cayetana y Ferreira, o D y yo y el resto del grupo.

M y yo estábamos sentadas en el sofá de mi casa cuando sonó el timbre.

—Zafo —dijo M rápidamente. Me miró y parpadeó la mayor cantidad de veces posibles, así que al final me convenció y fui yo quien se levantó.

Contesté el citófono. M se levantó a abrazarme, pues supongo que se sintió culpable porque me prometió por la mañana que ella se encargaría de las múltiples contestadas de citófono de la noche.

Los primeros en llegar fueron Ferreira y Cayetana. Solo unos minutos después volvió a sonar el timbre. M se levantó del sofá y corrió para contestar. Eran Andrés y Manuel.

—¡Les tengo el juego para hoy! —dijo Manuel, fuerte y sin saludar.

—Ya me lo explicó en el ascensor. Está interesante, pa' qué… —agregó Andrés.

Todos reímos, Manuel era todo un personaje. De inmediato pensé en M, la miré y supe que querría escapar.

Detesta los juegos. Le activan su ansiedad. «Charadas», «Papelitos», «Yo nunca he…», todos, sin excepción. Los juegos sociales la llevan a su miedo de sentirse expuesta, de ser el centro de atención, de no tener el control o a los tres al tiempo. Si M no se siente tan cómoda cuando hay mucha gente en un espacio, sumarle juegos a la ecuación la desarma, así que intenté rescatarla al decir:

—Hoy me da pereza jugar.

Sin embargo, Manuel me respondió que al menos le diera el chance de explicar el juego. M respondió con calidez que estaba bien, que lo explicara. Me tomó por sorpresa su comentario y dejé las cosas fluir, aunque temía que lo hubiera hecho por no llamar aún más atención y para evitar preguntas de por qué no quería participar.

—El juego es muy sencillo: uno de nosotros va a donde otro y le hace una pregunta al oído sin que el resto escuche, una pregunta que todos podamos responder. Por ejemplo, ¿quién es el más guapo o la más guapa? La persona, en vez de responder en voz alta, va hacia su elegido o elegida y le hace otra pregunta secreta. Y así sucesivamente —nos explicó Manuel.

—Solo el que hace la pregunta sabe su respuesta, ¿cierto? —preguntó Ferreira.

—Exacto. Entonces puede venir alguien a hacerme una pregunta y yo solo sé que fui la respuesta de algo, pero no sé de qué. Obviamente la respuesta solo puede ser alguien que esté aquí presente.

El concepto del juego, sorpresivamente, me pareció incendiario.

Miré alrededor y entendí que a todos les gustó lo que oyeron. Me monté al tren entonces.

—Va. ¿Quién empieza?

1. ¿Por qué no juegas?
2. ¡No seas aburrida!
3. ¿Estás bien?

No importa el ambiente ni las personas, siempre están esas tres dentro del reguero de reacciones. No los juzgo, es más, los entiendo, pues no es tan típica la aversión a las actividades sociales. Pero esa noche no tenía ganas del drama que viene con no querer participar en un juego no trascendental. Muchas veces he sentido que se intensifica el foco sobre mí cuando estoy evitando justamente eso. Y aunque soy más de «que cada uno haga o no haga lo que quiera o no quiera hacer», esa noche no tenía energía para defender mi posición filosófica sobre las presiones de la sociedad. *Es solo un juego y ya*, pensé. Preferí escuchar de qué se trataba.

Empezamos a jugar sin dejar de hablar, de oír buena música y hasta de bailar de vez en cuando. Todos lamentaron que Azul no jugara porque su novia dijo que a ella ese juego no le gustaba. Sentí que con ellas dos fuera del juego había perdido por completo el chance de escapar, así que me hice responsable de mi decisión anterior. Pero, sorpresivamente, me lo tomé con buena actitud. Me reí con un par de preguntas que me hicieron y también con las respuestas que otros me dieron a mis preguntas.

Andrés me preguntó una de las veces: *¿Quién te parece la persona más guapa después de D?* Y moría de curiosidad por saber qué le preguntaron a él para que yo fuera la respuesta. Para responderle a su pregunta fui a donde Ferreira. Le pregunté: *¿Quién tiene el peor temperamento?* Y fue directo a donde Manuel. En otra ocasión Cayetana se acercó a mí después de que Manuel le hizo una pregunta. *¿A quién le dedicarías la canción que está sonando en este momento?*, me preguntó. Sonaba *Fast Car* de Jonas Blue & Dakota. Me pareció curioso porque nunca había escuchado bien la letra. Fui hacia D y Cayetana me lo permitió, así de pronto hubiera sido «trampa» para otros ojos. Entonces le pregunté a D: *¿Quién te parece la persona más reservada con sus emociones?* La respuesta obvia hubiera sido Azul, pero lamentablemente estaba fuera del juego. Sé que D pensó igual, pero entonces fue donde Cayetana. Interesante. Luego ella se paró a responder lo que sea que le preguntaron y, por unos minutos que me parecieron agradablemente eternos, el turno no me tocó. Azul y yo estábamos hablando de cualquier cosa mientras veíamos al resto pararse y caminar hacia distintos lados de la sala, así que aproveché para ir a traer cosas de tomar de la cocina.

Apenas volví a mi puesto, Ferreira estaba quejándose de que las preguntas estaban muy *family friendly*, pidiendo con eso que le subiéramos la dificultad. Manuel vino hacia mí y me preguntó: *¿Quién se cree más sabelotodo?* Y me dirigí hacia donde Cayetana. Su rostro, para variar, no tenía expresión alguna. Me costó pensar en qué cosa menos inocente podría salir de mi boca y le pregunté al oído lo único que se me ocurrió: *Sin contar a Ferreira, ¿quién de aquí te podría gustar?* Volví hasta mi puesto, aliviada de haber terminado con mi turno y hasta orgullosa por haberle puesto una pregunta difícil, pero me desconcentré al ver que Cayetana venía hacia mí. La miré, confundida, pensando que tal vez no me había escuchado y necesitaba que se la volviera a decir. Le pregunté en voz alta mi duda y negó con la cabeza. Me confundí siete veces más. Le dije, de nuevo y en voz alta, que si se le había olvidado cómo funcionaba el juego. Todos se rieron. Ella me miró y me dijo:

—No, pero la respuesta es esta.

Hasta ese momento ninguno había vuelto hacia la persona que le había preguntado. Si antes la secrecía se sentía, ahora se condesaba. Ella sabía mi pregunta y yo sabía su respuesta. Y esa era yo. Y la pregunta era esa.

Me miró fijamente, se acercó a mi oído y preguntó: *sin contar a D, o si no estuvieras con ella, ¿quién te podría gustar?*

Me recorrió una sensación rara por el cuerpo. Sentí culpa de inmediato por haber hecho la pregunta que hice. Pero apenas sentí el sabor del pánico, utilicé la herramienta de la razón para calmarme. Era un simple juego y seguro la dejé sin respuesta al preguntarle algo que ella desconocía, así que su venganza fue venir a mí para ponerme en la misma situación. El pensamiento me sirvió.

Duré un par de segundos haciéndome esa pregunta que no me había hecho antes. Miré a mi alrededor y en realidad ninguno me podría atraer de esa manera. Me puse nerviosa. D me miraba insistentemente y Azul, desde el rincón donde estaba, me hizo una mueca chistosa cuando nuestras miradas se cruzaron. Traté de reírme, pero no pude hacerlo. Sentí que Azul pudo percibir que algo me pasaba y que esa fue ella lanzándome un salvavidas. Solo quería escapar de ahí. Todos empezaron a reírse al darse cuenta de que me estaba demorando.

Estúpidos juegos...

Eso me pasa por ir en contra de mis ideales, pensé.

Mi propio pensamiento me dio confort cómico.

Estás reaccionando de más.

Me dije.

«Ese es el tipo de preguntas que me gustan…», «Cayetana, pero ¿qué preguntaste?», «ese secreto se lo llevan a la tumba», «si les pago, ¿me dicen la pregunta?», oía que decían. Seguía sin tomar una decisión y D dijo en voz alta y serena que respondiera con tranquilidad lo que me estuviera preguntando Cayetana, que no pasaba nada, que todos nos queríamos.

Cayetana se acercó de nuevo a mi oído y preguntó: *¿quién consideras que podría dejarlo todo y empezar una vida nueva?* Se había arrepentido. Y aunque todos se quejaron al darse cuenta de que me había hecho otra pregunta, Cayetana se volteó y dijo:

—¡Se la estaba repitiendo!

Le agradecí mentalmente y, sin querer prolongar ni un segundo más lo que se sintió como una pesadilla, me levanté hacia donde Manuel. Me importaba un pepino si mi respuesta era pensada y si él era capaz o no de dejarlo todo para irse a Corea del Sur.

Todo el mundo siguió actuando como si nada. Al parecer D tenía razón, no tenía tanta trascendencia lo que se dijera. Sin embargo, para mí no se sentía así. No entendía lo que acababa de pasar. Se me mezclaban las palabras en la mente:

Atraer. Respuesta. Ferreira. Sin contar. Gustar. D. Escapar. Corea del Sur.

¿Cuáles eran cuáles? ¿Cuáles dijo ella? ¿Cuáles dije yo?

TODOS
QUISIMOS
PEPPERONI

CALETANA
FE PPE
ALVE
SU NOVIA
ANDRES
MANUEL
D
YO

AMO LA
PIZZA.

D's

2 PIZZAS
MEDIANAS

FERRE INVITÓ

Aquella noche no dormí mucho, **por no decir** *absolutamente nada*. Y por la mañana abrí los ojos cuando la alarma aún no había sonado, **por no decir que** *una hora y quince minutos con veintitrés segundos antes*. Años soñando con ese viaje, meses planeándolo juntas.

Al despertar no me paré de la cama enseguida, sino que quise quedarme ahí, saborear el tiempo.

El mismo mecanismo de toda la vida. Cuando voy a vivir algo que me pone nerviosa, para calmar la ansiedad hago una cuenta regresiva para anticipar aquello que me asusta. Con Nueva York también lo hice. Lo hice incluso con cosas que no estaba segura si harían parte del itinerario, pero tan solo buscaba imaginarme ahí. Me hacía bien y se convirtió así en una clase de terapia didáctica personalizada que me funcionaba.

Sonreía tanto en mi cama (presente) como en la imagen que me hacía de D y de mí en medio de Nueva York (futuro cercano).

Me alisté despacio porque tenía tiempo de sobra y salí de mi cuarto porque escuché ruidos en la cocina. Era mi papá.

—Amor. —Escuché que me decía—. ¿Por qué madrugaste? ¿Ansiedad?

—Sí... —reconocí—. Y tú, ¿triste porque me voy? —Sonreí.

—Solo es una semana. Sobreviviremos.

Mi papá por fin sirvió el desayuno, Alana repartió los platos y yo puse los cubiertos. Al darme cuenta de que faltaba solo media hora para que D llegara por mí, empecé a sentirme nerviosa. Para nada raro de mi parte. Tenía miedo y no sabía de qué ni por qué. ¿De estar desayunando con afán aunque había más que madrugado para evitar precisamente eso? ¿O porque era la primera vez viajando con mi novia fuera del país? ¿O por la probabilidad de que mi ciudad favorita me decepcionara? ¿O porque podía darme un ataque de pánico en el avión? ¿O era únicamente porque todavía no le había dicho a D sobre lo que pasó en el juego con Cayetana para que pudiera comprobarme que la rareza de su respuesta estaba solo en mi imaginación?

Me quedé por unos minutos intentando justificarlo con "de"s y "porqué"s hasta que caí en cuenta de que estaba poniéndole una sobre trascendencia a una de mis emociones más familiares y predilectas. A fin de cuentas, «tengo miedo» era una frase que solía usar ilimitadamente (aunque descaradamente sería un mejor adverbio, para ser netamente honesta). Lo dejé ser y perdió fuerza así. De pronto tenía miedo de todas las anteriores opciones o de ninguna. Daba igual.

Papá y Alana hablaban y reían mientras yo masticaba, perdida en mi pequeño lapso de existencialismo, sin sentir el sabor de la comida, pensando en cuánto me gustan los adverbios y con los ojos clavados en la pared. Al terminar mi disociación, corrí a mi baño a cepillarme los dientes. Al entrar, afanada, me detuvo una caja blanca.

Al abrir la caja me encontré con una tela negra y suave esperando por mí.

D…

Un vestido negro de seda, sin mangas, con la espalda destapada y con una abertura súper sensual en una de las piernas.

Todas las especificaciones de algo que yo jamás usaría.

¿Tienes planes para esta noche? —D.

Eso decía la nota al fondo de la caja.

Si el plan que proponía D era conmigo dentro de ese vestido, *definitivamente no, ninguno.*

Yo pensaba ponerme ese vestido, pero con el único propósito para qué después de cualquier excusa (cena, cine, caminar… tú eliges), tú me lo quites.

Algo se revolvió dentro de mí, como cuando D me toca.

Definitivamente «la vida puede cambiar en un abrir y cerrar de ojos». La frase tiene sabiduría, hay que reconocerlo…

Olí el vestido, que ya olía a ella, y casi corrí a guardarlo en mi maleta.

Si el plan era ese; D primero dentro
y luego fuera de ese vestido,
definitivamente estaba ocupada esta noche.

Me encantó que ambas, sin pautarlo, omitiéramos por completo mi propuesta indecente durante todo el recorrido al aeropuerto, proceso de migración y vuelo. Hay algo que me parece
delicioso en saber que algo sabemos, pero que por eso mismo
no vamos a mencionarlo. Un suspenso añadido. Un no-secreto
que es secreto.

La energía entre ambas, sin embargo, dejaba entrever que
algo pasaba. Eso sentí desde que M me saludó al montarse al
carro. Hay días así, en donde nos llevamos con fuerza al sabor
del inicio de nuestra relación, a los nervios primíparos, a la
adrenalina inicial. M me llegó a intimidar (de la manera que me
gusta) en ciertos momentos durante el día, con sus oportunos
comentarios y miradas. Sentí como si jugáramos inconscientemente a que estábamos empezando a salir, a que recién nos
cruzábamos en el camino de la otra, a que comenzábamos de
ceros, a que no sabíamos todo de la otra.

Llegamos al fin. Y, en el Uber, camino al hotel, M tuvo su
primer momento de impacto cuando le dije que mirara por la
ventana cuando atravesábamos el Williamsburg Bridge. El con-
junto de rascacielos que parecen multiplicarse cuando te enfocas
en uno de ellos, levitando por encima del agua que los refleja,
la dejó muda y negando con la cabeza un par de segundos.
Nuestro juego pasó a un segundo plano por primera vez duran-

D

te todo el día. La podía ver realmente sorprendida. Hasta a mí se me olvidó todo lo demás que existía en el mundo, todo lo que no fuera M mirando hacia todos lados, feliz, ahí, conmigo.

Yo, que ya había estado en Nueva York un par de veces porque había acompañado a mi papá a viajes de trabajo, decidí olvidarme de todo lo que ya sabía de la ciudad y descubrirla de nuevo con M. Estaba segura de que la ciudad que conocía no iba a ser la misma que conocería esta vez.

Ideas sueltas de lo que fue conocer al amor de mi vida con el amor de mi vida.

- Habíamos hecho una *playlist* semanas antes y habíamos decidido que sonaría en modo aleatorio, pues la habíamos escuchado tantas veces para hacer un buen *casting* y solo dejar las mejores, que ya nos sabíamos de memoria el orden. Por eso D y yo no pudimos evitar sonreír cuando, después de conectar el teléfono de D al bluetooth del taxi sonó Rhye. D me apretaba la mano en momentos determinados de la canción. Siempre he creído que es su forma de decirme «esto lo siento yo también» a medida que los artistas van confesando cosas con su voz. Sin embargo, nunca se lo he preguntado, así que esa teoría no está confirmada.

I'm not awake, I'm not alone.
You're right beside my face,
will you love me this way?

- Habíamos entrado a la habitación del hotel hacía un par de minutos. Me lancé sobre la cama. Me sentía bajo los efectos de algún tipo de sustancia porque todo lo que veía, probaba, tocaba y escuchaba era percibido por mis sentidos de una forma muy particular. Ni me desgastaría intentando explicarlo porque sería perder el tiempo, pero básicamente la textura suave, aunque no resbaladiza, del *duvet* de esa cama no se parecía a ninguna otra que hubiera tocado antes; la luz naranja con rosado que entraba por la ventana de marco negro no se parecía a ninguna otra que hubiera visto antes, y hasta el sonido de la cremallera de la maleta que D estaba abriendo para sacar la ropa (no sé si la suya o la mía, ni miré) no se parecía a ningún otro que hubiera escuchado. Mi mente no salía del disfrute de cada sensación.

La sustancia era la felicidad, supongo.

—¿Y ahora a dónde vamos? —le pregunté a D.
—Te devuelvo la misma pregunta —dijo.
Ya me disponía a quejarme cuando reconocí en el tono de su voz el mismo tono de su nota y recordé las palabras.
—Cena, cine, caminar... yo elijo, ¿verdad?
Asintió.
—¿Cuál de las tres C va a ser? —Me devolvió con rapidez.

—No decía en ningún lugar que tenía que quedarme con esas opciones. La excusa que elijo empieza con S.

D abrió los ojos.

(Me encanta su humor).

—No. Eso después.

(Le encanta el mío).

Habíamos salido a bares y discotecas muchas veces durante nuestros ya casi tres años de relación, pero nunca porque yo lo propusiera. Aunque el ambiente de «rumba» (como le dicen nuestros amigos) no me aterre como antes, sigue sin ser el lugar en donde alguien me pueda encontrar viviendo mi mejor momento. El bar no es santo de mi devoción hasta la fecha. Sin embargo, Nueva York cambia un poco las reglas… o las mías, por lo menos. Eso descubriría esa misma noche.

Todo pintaba a que aquella sería una noche dentro de todo muy normal hasta que entramos al *speakeasy* y D se quitó su abrigo.

Wow, pensé una y otra vez (menos mal mis pensamientos son solo míos porque D se hubiera asustado de la cantidad de veces que dejé ese en *repeat* mientras la miraba). Lo que más me gustaba del vestido que traía puesto era que, aunque sí la hacía ver más guapa de lo normal, su propósito en este mundo era ser quitado por mí. Curioso cómo su valor estaba en su futura ausencia.

Era corto, pero tampoco demasiado, apenas para dejar ver sus piernas marcadas. No era muy ajustado, pero sí lo suficiente como para que yo pudiera adivinar las formas de su cuerpo debajo de la tela.

—¿Aquí vas a tomar agua con gas? —preguntó D con humor al ver que yo no salía del asombro.

—Hoy no.

Sonrió y se fue por nuestras bebidas.

—*Bourbon* para ti. Margarita para mí.

—Okey. ¿Me recuerdas por qué elegí un establecimiento que vendía de manera ilegal bebidas alcohólicas durante aquel período histórico de Estados Unidos cuando yo odio el alcohol y odio lo ilegal?

Se rio.

—Porque tienes ganas de probar...

Tomó un poco de su margarita y la mano que tenía libre la llevó hasta mi cuello para acercarme a ella y pasar sus labios húmedos y fríos sobre los míos.

Entendí que el beso era para 1. Enloquecerme. 2. Darme a probar el sabor de su margarita. Me encantó el 1, me fascinó el concepto del 2, y fuera de todo pronóstico, honestamente me gustó mucho el sabor.

La música subió de volumen y D se separó de mi boca, pero me tomó de la mano y me hizo seguirla hasta el lugar en donde todos bailaban. No pude evitar sonreír al verla tan libre, con los ojos cerrados, bailando al ritmo de la música, siendo la mujer más linda de aquel lugar, sin preocuparse por absolutamente nada, mientras la delgada tela de su vestido corría libre por su piel, dejándome adivinar que debajo de él no había nada que la cubriera.

Habíamos bailado, conversado, tomado no sé cuántas rondas, cantado, besado, cruzado las doce de la madrugada, caminado, vuelto al hotel… Y podría seguir con una lista eterna de «habíamos», pero el que en realidad me importa resaltar es el último de mi primer día allá.

Habíamos hecho el amor millones de veces, pero nunca así.

D

M sonreía de vez en cuando mientras dormía. No lo hacía siempre, pero, cuando lo hacía, yo no podía evitar sentir que la vida era espectacular. Que la mujer que amo sienta felicidad hasta estando inconsciente me parece justicia divina. Esa mañana en particular sonreía mientras dormía.

Mi cabeza empezó a palpitar de dolor.
La resaca me dio los buenos días.

No creo que la sonrisa le dure mucho a ella.
Pensé.

Me equivoqué. Sonrió, como yo, todo el día.

La resaca de ambas se evaporó con la primera probada de *croissants* en el desayuno sorpresa en Tiffany's, a donde la llevé.

—Creo que te va a gustar el lugar de desayuno de hoy. Reservé con mucha antelación —le dije apenas abrió los ojos esa mañana.
—¿Blue Box Café? —preguntó con la voz ronca, aún medio dormida.
—Sí, Blue Box Café.

—¡Y de repente me siento mejor! —exclamó M, me besó y se paró a toda velocidad para dirigirse a la ducha.

Nueva York fue así:
- Comer algunas porciones de pizza como almuerzo.
- Caminar varias horas para conocer las librerías y las galerías preferidas de M.
- Visitar mis cinco tiendas de ropa favoritas.
- Tomar fotos análogas de absolutamente todo.
- *Steak & fries.*
- Besarnos en cada oportunidad.
- Caricias nuevas que M inventó para mí.

La última mañana allí fue M quien se despertó primero y pidió un desayuno para dos con el *room service*. Cuando llegó todo, lo acomodó antes de despertarme con un beso. Me desperecé y sonreí, encantada, ante el olor de la comida recién hecha. M me veía devorar el desayuno, como quien despierta de la primera gran fiesta de su vida, y no podía evitar sonreír.

—Si la gente pudiera sentir por alguien lo que siento por ti... —le dije.

Su dedo índice pasaba justo por encima de mi labio, como si tratara de memorizarme.

—¿Qué pasaría? —me respondió, retadora.

—No sé qué pasaría, pero sería gigante. No sé qué, pero siento que sería algo nivel «se acaban las guerras» —dije—. Nadie se metería en la vida de nadie porque entenderían que

D

para esto es que estamos vivos, para sentir cosas así... Y sé que suena tontísimo, pero lo digo en serio.

—Pues menos mal —dijo M, riéndose.

—Tengo una pregunta importante.

M me miró, esperando a que simplemente lo preguntara, pero vi el pánico en sus ojos.

—¿Ya puedes decirme a qué huele Nueva York?

Después de un segundo sonrió. No sé qué pensó que le quería preguntar...

Diez minutos, nada.

Quince minutos, nada.

Veinte minutos, nada.

Me empezaba a impacientar. D no me escribía.

Era nuestra última noche en Nueva York y yo estaba sentada en uno de los sofás del *lobby* del hotel. Me sentía extraña
ahí, sola por primera vez en todo el viaje, sin su compañía. Me
recosté sobre los cojines y miré al techo, de donde colgaba un
candelabro gigantesco lleno de cristales, los cuales producían
unos visos bellísimos cuando la luz los atravesaba.

Sonó el teléfono. Por fin.

—Sube.
Toqué la puerta. D se había llevado la llave de la habitación
para que yo no pudiera verla mientras se alistaba. D había puesto a sonar su *playlist* favorita. Después de tres años, sigo sintiendo los nervios de nuestros primeros encuentros, ese
miedo que produce lo inesperado. Se abrió la puerta y, al parecer, no controlé mi mirada porque D se sonrojó.

Me había puesto un vestido blanco corto, tenía el pelo suelto en ondas y había elegido un labial rojo. Sabía que aquello le gustaría a M.

D me tomó de la mano y me llevó hasta el interior. Enseguida me sentí como en ese día de su cumpleaños, cuando usó ese mismo tono de labial y también tomó el control de mí. En el piso, D había tendido las mantas y las almohadas, y las cortinas estaban corridas, así que las luces titilantes de la ciudad eran todo lo que iluminaba nuestra habitación.

I feel so lucky
when you say that you love me.
Sonaba *Left Me Yet* de Daya.

—Eso es tuyo —dije.

M se acercó a la cama, encontró enseguida la nota que yo le había dejado ahí, la tomó entre sus manos y la leyó para sí:

Puedo estar en cualquier lugar del mundo, pero mientras
esté contigo cualquier espacio es casa.
Quiero otro año contigo. Los quiero todos.

Prendí mi computador, abrí el traductor de Google, presioné las teclas CTRL y P e hice clic en el botón de escuchar. Una voz con acento gracioso empezó a recitar mi escrito. Era el método más informal de todos y definitivamente el más cómico. Cualquiera se hubiera empezado a reír con el acento robótico. Cualquiera menos D.

Era un texto que tenía desde hacía rato en las notas de mi teléfono. Escribir sobre ella era mi afición oculta y por primera vez quise mostrarle uno de ellos.

D estaba atenta, como si quisiera descifrarlo. La voz paró de leer y D me pidió que lo repitiera, pero no con su voz, sino haciendo un gesto minimalista con la mano.

Hice caso.

Terminó la segunda lectura robótica y me lancé encima de M para llenarle de besos la cara. La besé con dulzura, como si se tratara de vida o muerte. Dejaba besos en su frente, en sus ojos, en su cuello, en la comisura de sus labios, en sus hombros, en su ceja izquierda y en su oreja derecha, pero imaginando que al tiempo llegaban a sus venas, arterias, células y ADN.

Estaba derretida de verdad. Y al *shock* emocional que me produjo todo lo que me había dicho con palabras se le sumaba que M no solo había escrito algo para mí, sino que por primera vez me había permitido escucharlo. Más primeras veces. Y yo amo todas las primeras con ella.

M me devolvió los besos y las caricias, pero cuando ya queríamos (y necesitábamos) besarnos la boca, me detuve. Me senté y M se quedó recostada en los codos, relajada.

D impecable y yo con jeans rotos. Éramos polos opuestos que, sin embargo, encajaban sin dificultad en un rompecabezas que juntas habíamos construido por error o porque así debía ser. No sé si es eso lo que hace que nos encantemos tanto, como si volviéramos años atrás. Ver a la otra tener lo que cada una no tiene en su manera de ser, de mostrarse al mundo, de pensar... ¿Sed de lo que nos balancea? ¿O hasta quizás ganas de robarse un poquito de ese contraste por medio de los besos? Ambas, tal vez.

Sabía que D no se iba a poder contener más tiempo y la verdad es que yo tampoco. Con el brazo izquierdo cerré el computador que estaba a mi lado sin quitarle la mirada a ella. Entonces D me miró con una sonrisa fascinante. Me sacudió entera sin siquiera rozarme.

O se precipita ella.

O me precipito yo.

La besé.

Recorrí su cuello con las yemas de mis dedos. M respiraba lento detrás de mi oreja y después regresó a mi boca. El beso fue tomando fuerza y ella capturó mi labio inferior entre sus dientes para después soltarlo. No quería que parara.

Me llamaba.

Yo contestaba.

Sin parar el beso por completo, sobre sus labios susurré:

—Esta ciudad huele a ti.

Creamos un incendio que no se apagaba con agua.
Ahí, con todo, y sin prisa, nos dimos el mejor beso.

Me precipité yo.

Se precipitó ella.

Fue en el avión cuando la noté diferente.

Supuse, inocentemente, pero con toda la convicción, que se debía al post viaje, al regreso a la vida real.

Estábamos en silencio, cada una haciendo lo suyo: yo veía una película (o fingía estar viéndola porque estaba más pendiente de M que de mi pantalla) y ella usaba su celular.

De repente me quitó los audífonos y habló.

Me preguntó si recordaba el momento en el que fue hacia donde Cayetana para responder algo y Cayetana le devolvió la pregunta.

Tardé un par de segundos en entender el contexto del que hablaba.

Pregunta. Cayetana. Devolver.

La noche de juegos antes de viajar.

Bastante aleatorio su comentario, pensé.

D

Antes de decir algo, me transporté otra vez a la situación. Intenté hacer memoria de algunos de los momentos.

Dentro de ellos recordé que M respondió que se siente más lejana a Andrés que al resto. Dudé si Andrés me respondió que le daría un beso a M si solo pudiera elegir a uno de nosotros o si la pregunta que le hice fue otra. Y estaba segura de que Manuel, si tuviera que cambiar de vida con alguno de nosotros, cambiaría con Cayetana para estar con Ferreira. Me acordé finalmente de cuando Cayetana se devolvió misteriosamente a M.

Mentiría si negara que sentí demasiada curiosidad durante el juego. Me moría por saber qué cosas preguntaba M y a qué preguntas respondían los que iban hasta ella. Y aunque todos prometimos antes de empezar a jugar, gracias a la insistencia de Manuel, que nadie revelaría ninguna respuesta después, no me he podido sacar de la cabeza ese momento en específico.

Así soy yo. Curiosa.

Asentí.

—Sí. ¿Qué fue lo te preguntó Manuel? —le pregunté, intentaba no parecer tan interesada.
—Que quién creía yo que era la más sabelotodo.
—Tu respuesta fue Cayetana… Acertada.

Le hice un gesto a M de que podía continuar con lo que me estaba contando.

—Sí. Yo caminé hacia ella como respuesta y, como pregunta para ella, le dije «si no estuvieras con Ferre, ¿quién te podría gustar?».

M se quedó callada.

Tardé un momento en conectar los cables.

—¡Tú!

—Yo pensé que se había confundido, pero me dijo que esa era la respuesta.

—¡Sí! ¡Yo vi! Pero entonces… ¿Qué te preguntó después?

—Que… que si no estuviera contigo, quién me podría gustar.

No lo podía creer.

¿Y M qué respondió? No me acordaba.

Me entró un vacío horrible en el estómago.

—¿Y tú qué respondiste? —le pregunté, seria.

—Nunca respondí. Cayetana tuvo piedad y me cambió la pregunta por una estúpida.

Dudé un poco y, con algo de temor, pregunté:

—Pero ¿no te parece que su pregunta fue la misma que tú le hiciste a ella de primeras?

Noté que ni ella había caído en cuenta.

—Técnicamente sí, pero en contexto siento que no. Yo pregunté lo que primero que se me ocurrió que podía ser interesante porque Ferre recién había dicho que le subiéramos al nivel de las preguntas. Nunca jamás pensé que yo fuera su respuesta. Ella, en cambio, usó mi pregunta para responder que yo la atraía y para devolverme la pregunta para saber si era mutuo. ¿O crees que estoy armándome una película y fue una estupidez? Porque eso era lo que quería preguntarte.

Traté de responder, pero no supe cómo hacerlo. Miré hacia la ventana. M se acercó a mí con cuidado.

—Entiendo que te sientas rara de alguna forma porque incluso a mí me sacó de onda en el momento, pero no sabemos si lo preguntó por vengarse de la dificultad de la pregunta o por otro motivo… Quiero irme con lo que me dijiste tú esa noche, que todos somos amigos… Pero yo sí quería contarte porque necesito saber si tú ves raro su comentario o no.

—Seguro no tuvo trasfondo. —Fue lo único que dije, intentando convencerme de lo mismo.

Igual fue un juego. Nada más.

—Lo que realmente sé con certeza es que no veo a nadie más de esa forma. No hay persona, ni en esa sala ni fuera de ella, ni en el mundo, honestamente, que considere que podría gustarme como me gustas tú. De hecho, me quedé toda la noche pensando en eso.

—¿Ni en el mundo? —le dije, sonriendo, haciéndole notar la exageración e intentando disimular a toda costa que la conversación sí me había afectado.

Y me quedé pensando en mi pregunta de distracción. Yo, de todas formas, no puedo ser el único ser humano que le guste a una mujer como M, pensé. Así ella sea la única en el universo entero que me gusta a mí.

—No, ni en el mundo.

Volví de Nueva York con un aire nuevo, sonriendo a cada rato, por todo y por nada. Recargada.

La sensación de renacer como consecuencia de un viaje no dejaba de parecerme enormemente extraña. Y, para ser honesta, a ratos, hasta patética. Este preciso instante siendo uno de esos ratos y sintiendo hasta un tinte de vergüenza al leer las palabras que elegí para esta entrada.

Aire nuevo, por todo y por nada, recargada… Dios.

Sin embargo, esa dualidad interna me gustaba. Algo de ella mostraba expansión y tolerancia a ideas que antes juzgaba de inmediato. Recuerdo haber pensado: *tal vez por esto es que la gente se toma tan a pecho las celebraciones que siguen pareciéndome un tanto tontas y consumistas, tal vez empiezo a entenderlos…* Todo cuando sentí esa abrumadora motivación de retomar mi rutina, mi vida cotidiana, de rehabitar mi barrio y mi contexto apenas entré a mi apartamento después de volver de Nueva York.

También se le sumaba la tranquilidad de saber que lo que me dijo Cayetana no tenía trascendencia, como me lo confirmó D.

D, por su lado, se centró en la creación de su marca de ropa, Bodies & Stories. Y yo, por mi parte, puse la mayor cantidad de mi energía en el club de lectura.

Yo lo disfrutaba tanto o más que cualquiera de los partici-pantes, quizá porque no tenía que decir una sola palabra sobre mí. Tal vez también por eso fue por lo que dentro del club hablaba como si nada me separara de los otros, como si todos fuéramos iguales.

El club de lectura me cambió la vida por completo, quizás afuera las cosas parecían iguales, pero por dentro de mí todo se transformó. Además, me había permitido ahorrar algo más para mi proyecto de retirarme algún día de Mocca y dedicarme a escribir. A veces, mientras estábamos en medio de una sesión, yo empezaba a imaginar que las letras de la portada del libro del que hablábamos se despegaban del papel, subían un poco en la superficie, se mezclaban frente a mis ojos y luego descendían. Al final iban pegándose una a una sobre la portada y, sin que yo pudiera anticiparlo, se escribía ahí mi nombre. Entonces miraba al frente, a los participantes del club, y todos tenían en sus manos el libro, mi libro. Y luego me veía a mí misma, desde afuera, y escuchaba mi voz recitar una poesía que sonaba tan bien en la imaginación que me producía cierta tristeza no poder lograrla cuando estaba frente a una hoja en blanco.

Creo que Cayetana lo notó porque, en medio de una conversación cualquiera, me dijo:

—Tú te mueres por escribir algo propio. Se te nota.

Dudé al responder.

—Puede ser.

—Tienes lo necesario.

—No me siento lista, la verdad…

—Eso no debería ocuparte espacio mental. En vez de eso deberías prepararte, dejar el trabajo en Mocca y no perder más el tiempo. Deberías irte a hacer una residencia de escritura y dedicarte solo a escribir sin preocuparte por nada más al menos por un tiempo.

Con el tiempo, me di cuenta de que esa era Cayetana, rompía todas las reglas y, si te dejabas, te invitaba a ti a romperlas también.

D

Volví de Nueva York con la decisión de crear mi marca de ropa. Sin pensarlo, eso era lo que tanto necesitaba que me pasara para hacerlo realidad: viajar con la mujer que me supo enamorar. Yo ya sabía que quería que fuera una marca en la que todas pudiéramos sentirnos incluidas, pero el cómo y el cuándo se me escapaban siempre. Esta vez fue distinto.

Me alegró confirmar que dentro de los bocetos que tenía de cuando estudiaba ya estaba el origen de aquello que quería hacer. Mientras mis compañeros diseñaban para un prototipo único, y prácticamente artificial, de cuerpo, yo hacía diseños para mujeres reales y me esforzaba por encontrar y resaltar la belleza en todas las formas. Al principio eso me costó la burla de algunos de mis compañeros e incluso el disgusto de un par de profesores. Quizá por eso retrocedí un poco y preferí mantener esos diseños solo para mí durante tantos años. Pero la suma de sacar todos esos bocetos que querían romper con el concepto de mujer perfecta más la propia pelea que he tenido siempre con mi cuerpo, resultó en Bodies & Stories.

Saqué todos esos diseños y me puse a trabajar. Me dediqué semanas a la primera colección y soñaba, despierta y dormida, con la ropa que quería hacer. Al mismo tiempo buscaba el lugar ideal para el lanzamiento, las modelos, los fotógrafos, el local y definía cómo serían las tallas, ya no por una letra, sino por colores. Cuando hablaba de mi marca me convertía en una marea capaz de todo. Nunca me había sentido tan poderosa y tan capaz como cada una de las veces que me senté a trabajar en mi proyecto y que hablé de él.

Cerré mi folder con todos mis diseños y me paré de la mesa para despedirme de M. Tomé con las dos manos el *macchiatto* que ella me había preparado y aproveché para que la temperatura del vaso regulara la mía porque estaba helada. No sabía por qué me sentía tan rara.

Besos en la frente. Se volvió tradición despedirnos con uno de esos después de un gran beso en los labios. Me encantan, me siento protegida.

Salí de Mocca, pero no sin antes volver a mirarla a ella.

Tomé un taxi para ir a verme con Cayetana, quien me estaba ayudando en la creación de la marca con toda la parte de las visuales. Como ese día no había club de lectura, Cayetana aceptó ayudarme sin dudarlo.

Subí al ascensor que llegaba directo a su apartamento. Las puertas se abrieron y llegué a su *loft*: un espacio completamente abierto, decorado con cuadros ligeramente recostados en las paredes y con videos musicales reproduciéndose en una pared blanca de doble altura gracias a un proyector. Como siempre, olía a pasteles recién horneados. Esta vez el colchón en la mitad de todo el espacio estaba lleno de cobijas desordenadas. Cayetana salía de lavarse las manos cuando me vio.

—Llegaste y no alcancé a poner este lugar más decente. Estaba en la cocina y perdí la noción del tiempo.

La abracé y le dije que no entendía a qué venían las disculpas.

D

—Cero. Huele riquísimo…

—¿Quieres?

Caminé detrás de ella hasta llegar a la cocina. Había una bandeja llena de galletas. Me pasó una y, aunque debí tener cuidado de no quemarme la lengua, la probé. No se equivocaba: deliciosas. Hablamos de bobadas un rato hasta que dijo:

—Bueno, a lo que vinimos.

Y nos sentamos en el colchón, esquivando los libros que estaban encima.

Pensé en M.

—M es igual a ti, cada vez que me acuesto en su cama me toca quitar diez libros.

—En eso debe ser en lo único en lo que nos parecemos.

—¿Por qué dices eso?

—Porque ella encuentra mucha comodidad en lo conocido. Hasta la envidio. Pareciera que a ella la curiosidad no le coquetea.

Eso me llevó a pensar luego en lo que Cayetana le preguntó… o en lo que respondió. O en ambas.

¿Por «lo conocido» se refería a mí? Me quedé en silencio.

—¿Cuánto tiempo lleva en Mocca sin probar otro trabajo, por ejemplo? Yo no podría.

—Pero ¿no crees que, en vez de significar que sea muy cómoda, es que se le da fácil el compromiso?

Le seguí la cuerda, como si estuviéramos hablando de Mocca, pero yo ya no estaba tan segura.

—La línea es delgadita. El tiempo lo dirá.

—¿Y a ti? ¿Te cuesta el compromiso? —le pregunté.

¿cómo hacerlo
diferente?

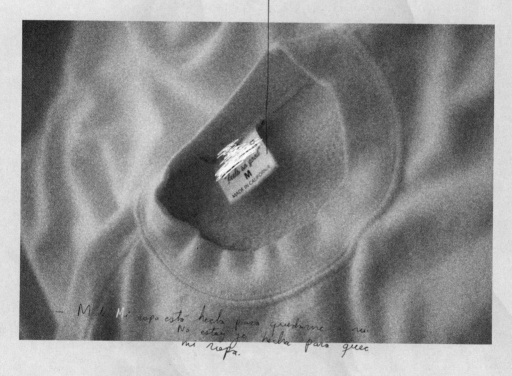

— Mel. Mi ropa está hecha para quedarme a mí.
No estoy yo hecha para quec
mi ropa.

— la M que me gusta es la de mi novia.

—Solo si no he experimentado más.

Prendí mi computador para callar mi instinto, que me decía que definitivamente no estábamos hablando de Mocca.

Me concentré en mostrarle mi proyecto o lo que tenía de él: los bocetos, el concepto, las ideas que tenía para el logo y los colores que me imaginaba. Cayetana me escuchó en silencio, absorta por completo. ¿En qué? No sé, pero solo salía de su mente para escribir unas cuantas palabras en una libreta. Cuando terminé de hablar, Cayetana hizo una lluvia de ideas con todo lo que le presenté y fue tan precisa que me sorprendió. Sí estaba atenta.

Tal vez la de la película ahora era yo.

Me fui hacia mi casa pensando que, aunque mi tarde con Cayetana silenció muchas de las dudas que tenía con respecto a mi proyecto, me generó una aún más aturdidora.

—Tortolitas, pasen al patio, el resto ya llegó —dijo al abrirnos la puerta.

La casa de Andrés era impresionante. Nunca dejaba de sorprenderme: con más de cinco habitaciones y una cocina abierta con una isla justo en el centro, estufa industrial, sartenes que colgaban del techo entre dos lámparas, un ventanal grande, un exhibidor con montones de condimentos y varias pilas de platos de diferentes formas y colores. El área social tenía un ventanal de piso a techo con salida a un patio gigante, el cual tenía una zona para hacer fogatas, sofás redondos alrededor y mesas auxiliares para cenar. Ahí era el plan.

Manuel y Ferreira ya habían encendido la fogata mientras Cayetana, Azul y su novia hablaban y reían. Manuel, a primera vista, se emocionó notoriamente cuando nos vio llegar y se levantó para abrazarnos.

—Casi que no llegan, ¿no? —dijo Azul mientras se ponía de pie y dejaba en la mesa la cerveza que se estaba tomando.

—Culpa de ella —confesé, acercando a D con fuerza hacia mí.

D sonrió y negó con la cabeza.

—No le crean, nosotros acabamos de llegar —aseguró Cayetana, imponente, pero con una pequeña sonrisa y sin pararse de su asiento.

Ferreira se levantó a abrazarnos, al tiempo, a las dos.

—Bueno, estábamos hablando de que Manuel es brujo —dijo Andrés.

—No es para tanto, solo que hay cosas que sé porque sí —contestó Manuel.

—¿Cómo qué? —preguntó D con curiosidad mientras se acercaba a la fogata para calentarse las manos.

Cayetana extendió la mano para hacernos señal de sentarnos. D y yo nos hicimos a su lado.

—Por ejemplo, minutos antes de que timbraran, les dije a todos que las sentía cerca, que les daba unos cinco minutos para timbrar.

—Yo te creo. Ya has atinado con cosas mías —le revelé.

—¿Ah, sí? ¿Muy brujo? A ver, trata conmigo, léeme a mí —le dijo Cayetana.

—Tana, no creo que quieras —le respondió Manuel.

Todos nos reímos menos Cayetana.

—¿Eso qué quiere decir? —le preguntó ella antes de darle un sorbo a su cerveza.

—Lo que pasa es que a veces las cosas me vienen sin filtros y…

—¿Y? —Quiso saber Cayetana.

—Y no siempre lo que digo son cosas buenas. A veces hay cosas malas que es mejor no saber.

—Si me estás diciendo eso es porque ves algo. Dímelo sin anestesia —le pidió y todos contuvimos la respiración.

Antes de responder, Manuel miró a Cayetana durante varios segundos que parecieron años. Todos estábamos en silencio e incluso la ciudad misma pareció quedarse callada hasta que finalmente habló:

—Solo veo una cosa. No es muy clara y no sé muy bien qué quiere decir.

—Y esa cosa es….

—Mucha estrategia.

—¿Estrategia para lograr qué? —preguntó Cayetana mientras se le acercaba.

—No sé… pero tienes mucho talento. Lo percibo fuerte.

Todos nos quedamos en silencio.

—Gran talento el tuyo… mejor intenta con la actuación —respondió ella y todos nos reímos. Hasta Manuel, que se rio más duro que todos y le ofreció un brindis a Cayetana, que ella aceptó con una mirada desafiante.

No sé si fui la única que sintió tenso el ambiente, pero, si no, lo ignoraron como yo. Lo que siguió de la noche fue diferente. Nos divertimos, comimos, jugamos, nos reímos, bailamos e incluso, antes de irnos, nos mojamos en la lluvia. D y yo no nos separamos en toda la noche. Amé eso.

Cuando llegué a mi apartamento me quedé despierta por más tiempo del que planeaba. La tecnología y su agujero negro… Me tenía succionada por completo. Y ahí, en alguna hora de la madrugada, hice algo mucho más impulsivo de lo que planeaba. El trasnocho y su agujero negro. Succionada, absolutamente.

No le di relevancia a no dormir ni a lo que hice.

D

Había una tensión extraña esa noche.

Sin embargo, la ignoramos todos, o yo, por lo menos, hasta la madrugada después de haber comido, bailado, reído y hablado, cuando empezó a llover. Ferreira y Manuel entraron las bandejas, la comida que todavía quedaba, el parlante con la música aún sonando y los cojines para que no se dañaran. Cayetana, con su caminar de supermodelo, cruzó en un dos por tres el patio y entró. Cuando M pasó por mi lado para entrar, la agarré y la abracé. La música se escuchaba como un eco lejano a través del aguacero.

—¿Quieres bailar? —le pregunté, casi gritando.

La lluvia caía sin piedad.

—No se pregunta lo que se sabe.

Bailamos en medio de la lluvia más fuerte que habíamos tenido en varias semanas y el resto se nos quedó mirando desde el otro lado de la puerta de cristal. M recostó su cabeza en mi hombro. No sé si fue por la lluvia, por la música o porque sencillamente esa mujer es arte, pero M se veía más hermosa que nunca con el pelo empapado. Ahí, en ese momento, sin explicación alguna y sin antecedentes, fue que nació la pregunta que primero sonó a chiste y luego a una fuerte posibilidad. Imaginé cosas, nos vi en el futuro. Sonreí para mí, sin decirle a M nada de lo que estaba pensando.

Cancelé la pregunta. O, al menos, intenté hacerlo porque por un momento dudé de dónde venía.

Los demás se enamoraron de nuestro enamoramiento o les dio muchísimo «miedo a perderse algo» porque fueron copiándose de nosotras uno por uno.

Esa noche todos bailamos, cantamos y nos mojamos bajo la lluvia. Cayetana nos tumbó a todos al suelo en medio de ataques de risa. Así empezó un juego de «da lleva» entre todos nosotros. El juego duró unos minutos hasta que Andrés le tocó el brazo a M, dejándola encargada de perseguir a alguno de nosotros. Todos tomamos impulso para alejarnos lo más rápido posible de ella, pero, en cambio, M decidió romper las reglas del juego y se dejó llevar por la música. Sonaba *Circles* de Post Malone.

Yo detuve mi huida de inmediato y así pude darme cuenta de cómo cada uno se detenía al ver a M bailar, ensimismada. Estábamos maravillados. Ella, que por lo general es tímida y no hace nada extravagante, estaba allí, desafiando la lluvia. Todo lo demás había desaparecido. Estábamos cansados, pero felices. Yo me senté, Manuel se recostó en mis piernas, Azul se reía sin parar, su novia también parecía estar genuinamente disfrutando del momento, Andrés cantó a todo pulmón el coro de la canción y Ferreira y Cayetana tuvieron una pequeña discusión porque ella tomaba a toda velocidad y no quería dejar de hacerlo.

Yo me sentí como la persona más afortunada del mundo al poder decir que esa mujer increíble, que era capaz de enamorar hasta a la lluvia, era mi novia. Entonces sentí que hay momentos y pensamientos que no pueden reprimirse, así se trate de algo efímero que no va a tener ninguna repercusión en el futuro.

(O sí).

¿Por qué impedirme sentirlo?

Esta vez la pregunta no vino a mí por inercia, sino porque yo misma la había llamado mientras miraba a M bailar.

¿Y si le pido que se case conmigo?

¿Cómo aseguro lo inseguro?

cómo aseguro
   lo inseguro...

– de esas notas que se escriben
   para borrarse
      o para si no, olvidar
   que alguna vez se
      escribieron en primer lugar.

II

¿PREGUNTAS?

Por esos días yo debía andar con unas ojeras notorias porque una tarde, al llegar al club de lectura, Cayetana me dijo que me veía cansada. Ella no faltaba a ninguna de las sesiones y esa ocasión no fue la excepción. Fue la primera en llegar y en sus manos tenía su copia de *Conversaciones entre amigos,* de Sally Rooney. Me preguntó por qué me veía así (y me pidió perdón si había sonado ofensivo, a lo que respondí con honestidad que no me había ofendido) y le conté que estaba trabajando en mi proyecto final y que de verdad lo había subestimado. Luego le dije que me alegraba que no se hubiera perdido la sesión en la que hablaríamos de Rooney. Me sorprendió que Cayetana me dijera que no la había leído nunca, que solo había visto la serie basada en esa novela.

—De lo mejor que he leído —le dije—. Este libro en especial lo contiene todo y el personaje de Frances es fascinante. Cuando lo leí sentía que llegaban a mí muchas emociones al tiempo.

Esa noche, al finalizar, me despedí de todos y fui a la barra de café a hacer la hora de trabajo que me faltaba. Cayetana se sentó en una de las mesas con el libro en mano y pidió algo para tomar. A ratos sentí su mirada sobre mí, pero preferí ignorarla. La miraba solo cuando ella no me veía a mí.

Desde el inicio de nuestra amistad sentía mucha admiración por ella, por toda esa entereza, todo ese entusiasmo por la vida que no le restaba ni un gramo a su amor por los libros. Aunque también ahora podía percibir que había algo de caos en ella. Ni malo ni bueno, solo existente.

Esa noche, al acabar mi turno, fui hasta donde ella para despedirme, pero en vez de dejarme ir rápido me invitó a sentarme. Tuvimos una conversación sobre libros y cosas generales hasta que Cayetana me dijo:

—Por más cansada que estés de tantas cosas por hacer, pienso que te haría bien una escapadita.

—Me vuelvo a escapar y me echan —le respondí con una sonrisa de resignación.

—¿El próximo fin de semana trabajas?

—Nooo, estaría llorando desde ya. Estoy rendida.

—Mis papás tienen una casa en Cartagena. ¿Y si armamos plan?

—Me encantaría, pero es imposible después de lo que gasté en Nueva York. Además, D está muy ocupada estos días con la creación de la marca y no podría ir tampoco.

—Allá no tienes que gastar…

Dijo, hablándome en singular e ignorando lo que dije sobre D—. Rompe las reglas de vez en cuando, M. ¿Esa idea no es un sueño para ti? —preguntó.

—¿Ir a la playa, con piña colada, D y no pensar en nada distinto a broncearme? Seguro, pero ahorita no se puede.

Levanté los hombros y empecé a traer su vaso de café casi terminado hacia mi lado de la mesa.

—Mmm… Yo sueño cosas muy distintas.

Respondió con una seriedad considerable.

Sentí que me juzgaba y algo en su tono me molestó.

—Está bien… —dije.

—En realidad, no.

La miré entre confundida y enojada.

¿Acaso quería pelear conmigo?

—¿Qué es lo que no está bien?

Se quedó callada, pero su mirada, muy clavada en mí, permanecía intacta.

¿Con qué sueñas y por qué eso te hace tan superior?

Debo admitir que, como diría mi terapeuta, fue pasivo agresivo de mi parte.

Yo le sumaría un «extremadamente».

Me arrepentí casi de inmediato.

El silencio se sentó con nosotras.

Tenía adrenalina en mi sistema desde mi comentario y no era capaz de sumarle nada. Ni para intentar remediarlo. Estaba molesta, de todas formas.

Nada pasaba.

Silencio.

Cuando por fin se movió algo en el entorno fue su brazo para volver a tomar el vaso de café que ya estaba en mi extremo de la mesa. Lo agarró con su mano izquierda, se lo acercó a la boca y bebió lo último que quedaba de café con una calma desesperante para mí hasta que por fin movió los labios.

—Con poder besarte sin hacerle daño a nadie.

Lo soñé.

Lo soñé.

Lo soñé.

A la mañana siguiente fue lo único que recuerdo haber pensado al abrir los ojos. Aunque la post confusión (típica de una noche de pesadillas), tan familiar para mí, no llegó nunca porque no tenía de dónde llegar si ya estaba conmigo... Estaba allí desde el minuto preciso en el que Cayetana terminó esa oración, la noche anterior, en esa mesa, dentro de Mocca.

Sí había pasado y yo era la única que lo sabía. Por lo tanto, estaba en mí lo que iba a pasar a continuación. Traté de arreglarlo en mi cabeza, como siempre, intentando pegar lo que está fracturado. Me dije que seguro era una broma, que ella nunca habría querido decir lo que dijo, que le entendí otra cosa, que estaba jugando con mi mente, que no podía ser real. Todos y cada uno de ellos, engaños, normales, como mecanismos de defensa iniciales para evadir la situación. Pero muy dentro de mí sabía que ya era la segunda vez que decía algo que me hacía dudar, y esta ocasión no había dado espacio para la ambigüedad.

Más directo, imposible. Intentar ver esto como un error, otro más, sería demasiada coincidencia.

Esa tarde, en casa de D, me preguntó qué me pasaba, dijo que me sentía extraña.

—Vine porque tenemos que hablar —dije.

—¿Qué hice?

Me extrañó que su primer pensamiento fuera ese.

—No, tú no hiciste nada.

Se quedó callada un momento y su expresión cambió.

—¿Qué hiciste? —me preguntó lento y con una mirada diferente.

—¡No! Tampoco.

Me quedé callada yo y tragué saliva.

Dudé de mí… ¿Sí hice algo? ¿Qué hice?

—Cayetana… —retomé.

No sabía ni con qué completar ni cómo explicárselo. D frunció las cejas.

—… me dijo que su deseo era poder besarme sin lastimar a nadie.

Decirlo fue extrañamente difícil.

Tenía el pulso a mil.

D abrió los ojos.

—¿Textualmente? —me preguntó.

Asentí.

Ella no dijo nada más. Solo me miró en silencio, como dándome pie para continuar. Eso hice. Le conté con detalles todo lo que había pasado. No quería dejar nada por fuera. Traté de recordar cada una de las palabras que usó Cayetana y cada una de las que usé yo, sus gestos, incluso, y los míos salieron naturales al revisitar la circunstancia. Estaba nerviosa, sé que se me notaba. Y me daba miedo haber olvidado el orden exacto de la conversación.

Cansancio, Cartagena, piña colada, sueños, enojo, silencio, mucho silencio... Beso....

Le hablé de la sensación tan incómoda que me invadía. Tenía miedo de su reacción, de hacerle daño. Tenía miedo de algo que nunca nos había pasado. Cuando dije en voz alta la parte final del cuento me quedé muda. Y cuando por fin fui capaz de mirarla, la encontré observándome de una forma nueva.

¿Escuchó lo que le dije?

Me pregunté.

—¿Esto fue anoche? —me preguntó.

—Sí.

Duró en silencio más tiempo del que quería.

—Primero, el comentario ya no solo me parece que tiene trasfondo, sino que lo dijo de tal manera que lo confirma. Segundo, me incomoda. Y mucho. Tercero, me hubiera gustado que me lo dijeras apenas pasó, no a la mañana siguiente.

—Es demasiado complejo, D. No sabía bien cómo procesarlo. Es tu amiga y pareciera que se le olvidó. O no… y por eso
lo dijo como lo dijo. No sé si yo tengo la culpa. Es mi amiga…
o era, no sé. No sé si ella pensó en esa oración con antelación.
No sé si la pensó ahí. No sé nada. No sé si le estoy poniendo
más peso del que debo o, por lo contrario, si lo estoy minimi-
zando. No sé, honestamente solo sé que quisiera que eso no
hubiera pasado… y quisiera seguir creyendo que no fue algo
trascendental.

—Entiendo que estés en una posición incómoda. Y también
entiendo que quieras creer eso de tu amiga, pero creo que te lo
está dejando claro.

—Es que es ella, D. Quiero ser honesta contigo y me cuesta
creer que sí está pasando algo —respondí.

—Suenas muy inocente. O ciega. ¿Tú qué piensas de lo que
dijo? ¿Que estuvo bien?

Primer no.

—No. Que intentó verbalizar algo que ella no puede decidir
sentir o no, pero que la manera de hacerlo fue la peor posible.
Que de pronto pensó que decirlo así evitaba el daño que dice no
querer hacer. Pero que lo hace. Que de pronto su intención no
era mala. Pero hizo algo mal.

—¿Y yo?

Sentí que todo lo que decía empeoraba las cosas.

—Yo sé, D. Créeme.

—Pareces defendiéndola a pesar de que pasó por encima mío, tuyo y de nuestra relación. —Me quedé callada—. ¿Pensaste si tú quieres lo mismo?

—¿Qué cosa, D?

¿Besarla?

D me miró como si me hubiera pedido responder 1+1. Me sentí tonta por haber hecho la pregunta.

Nunca la había visto en el estado en el que la estaba viendo. No era tristeza, pero se le parecía. No era miedo, pero se le parecía. No era rabia, pero se le parecía también.

—¿Besarla? No. No quiero besarla.

Segundo no.

D respiró y pude sentir la capacidad de sus pulmones. Estaba seria, incómoda, pensativa.

Yo empezaba a asimilar, a ese punto, que la manera como fue formulada la frase, viniendo de alguien como ella, no era un desliz. Su frase, aunque corta, decía mucho más de lo que parecía. Sin embargo, me costaba mucho entender por qué estaba en esa situación y por qué yo no podía solucionarla.

Yo quería a Cayetana y le veía su lado bueno. La conocía… o eso creía. Y por eso me costaba digerir sus últimas acciones y decisiones. Me parecía muy brillante como para haber hecho una estupidez así:

a.   En secrecía.

b.   Sin nuestras parejas presentes.

c.   En un ambiente común y corriente.

d. Bajo la premisa de un sueño, como de un anhelo impo-
    sible.
e. Haciendo referencia directa a Ferre y a D, mejores ami-
    gos de ambas.
f. Con ese tono de voz.
g. Acompañado de la manera en la que me miró.

Podría llegar hasta la Z…

No dije nada más y D tampoco lo hizo por un buen rato. Sin embargo, sé que ella, como yo, ya iba, como mínimo, en la mitad del abecedario.

—¿Qué piensas? —le pregunté tímidamente al verla mirando al espacio. Sacudió la cabeza lentamente, de lado a lado, como si me dijera «en nada», cuando ambas sabíamos que era mentira—. Ya no quieres hablar sobre el tema, ¿verdad? —agregué.

Tercer evidente no.

Volteó a verme y volvió a mover la cabeza en una negación lenta, como si me dijera «no» y ambas supiéramos que era verdad.

D

Sentirme (o ser) invisible despierta todo lo que no me gusta despertar dentro de mí. Viene de siempre y no se ha ido nunca. Me avergüenza hablar de esto, pues es la crudeza absoluta de mi emocionalidad. No hay nada que me haga más vulnerable que la creencia falsa que contaré a continuación, a la que, aunque racionalmente llamo de esa manera, sigo sintiendo, desde la emoción, como la verdad más cierta que alguien haya dicho en esta Tierra.

Siempre he creído que, si yo no estoy presente en un lugar, amando, haciendo, estando, entregando, dejo de ser y de existir para los otros y hasta para mí misma.

Es como si mi ausencia no se sintiera porque simplemente mi concepto entero se desvanece en el momento en el que ya no estoy. No sé de dónde saqué una idea tan específicamente formada, pero siempre me ha acompañado. Le temo a la distancia por eso y le temo a faltar por lo mismo.

Es secretamente agotador porque hace de las circunstancias normales de la vida escenarios ideales para que ese miedo entre a actuar.

Esta circunstancia específica que estábamos viviendo M y yo *no tenía nada* de normal *y sí tenía todo* lo necesario como ecosistema para que mi miedo pudiera evolucionar.

Mi miedo a la invisibilidad y a dejar de existir para los demás ha estado siempre, pero el miedo hacia nuestra relación no. Me molestaba profundamente sentir inseguridad en lo que antes era lo más seguro para mí. Insegura conmigo misma: noticia vieja, pero con M nunca había sentido siquiera la preocupación de qué podría pasar si la atrajera alguien más, si escogiera a otra persona sobre mí. Ella me ha dejado claro que soy yo con quien ella quiere estar. Y aunque me ha costado entender el porqué, le he logrado creer. Pero aquí estoy ahora, dudando si ese querer va a ser duradero y si puede verse comprometido gracias a la insistencia de Cayetana y al poder de convicción que tiene sobre M. ¿Y si la tienta? ¿Y si la convence? ¿Y si me deja? ¿Y si esa decisión fuera lo mejor para ella?

No sabía qué pensar, lo cual, incluso en ese estado, me parecía de esperar.

Pero no sabía qué sentir y eso sí me preocupaba.

Porque, claro, no había pasado «algo», pero sí había pasado *algo*. Era una de mis mejores amigas. Era mi novia. Era ese comentario. Era todo.

Ahora no podía ignorar que en el juego de hacía algunas semanas también había respondido a una pregunta de M con picardía. Pero tampoco que M había sido la primera en preguntarlo. No sabía si era algo en lo que debía enfocarme o no, pero mi mente estaba apegada al hecho. Y no terminaba ahí, pues la última conversación que tuve con Cayetana sobre Mocca solo tuvo de Mocca la M mayúscula.

Yo había decidido no darle demasiada importancia al tema, pero fue como ponerle una curita a una herida de bala. No solo no sirvió para absolutamente nada, sino que fue una idiotez. Se trataba de mi futuro, de la vida que soñé con ella, del amor de mi vida. Como no dejaba de pensar en ello, sin importar si estaba ocupada, si estaba acompañada, si estaba bañándome o a punto de irme a dormir, y no quería aturdir a M con el torbellino interno que me ahogaba, decidí contarle a Azul lo que había pasado. Ella era más experimentada que nosotras en las relaciones y aunque era solo tres años mayor que yo, era súper reflexiva, organizada a la hora de revisar panoramas, racional, pensaba hondo antes de hablar y de algún lado sacaba una sabiduría que nos servía de guía cuando teníamos dudas sobre cualquier tema. Azul no era complaciente. Todo lo contrario, era directa y mordaz. Me gustaban sus cualidades y a M también. Sentía que necesitaba de ellas porque no quería manejarlo con mi mezcla de afán, impulsividad y emocionalidad.

—Quiero contarte algo que nos está pasando con Cayetana y necesito saber tu opinión a ver si yo soy la loca —le dije

—Pues loca estás, pero cuéntamelo —me contestó Azul y le hablé primero sobre el juego de preguntas—. Claro que es la misma pregunta la que ambas se hicieron. —Fue lo primero que me dijo—. Pudo ser M quien inició ese juego incluso sin darse cuenta en absoluto o puede que no. Entonces entiendo que sientas que M pudo haber creado una chispa de algo, pero no siento que,sea así de sencillo. Honestamente, conociendo a M, dudo mucho que fuera su interés. Seguro solo fue una pregunta estúpida y ya. De pronto Cayetana tampoco supo cómo responder.

—No quiero sonar como que estoy culpando a M…

—Pero un poquito sí…

—Espera, no termina ahí, después estuve con Cayetana en su casa…

Y así le conté entonces sobre la conversación que tuve con Cayetana acerca de M y Mocca.

—Okey… Pues sí está raro —aceptó con una cara pensativa y medio confundida, como si por un momento se le hubiera ocurrido lo mismo que a mí—. ¿Y te preocupa?

—Pues sí me hace pensarlo dos veces. Me pone nerviosa que tenga la razón y M sí necesite «probar» más.

—Pero ¿estamos seguras de que sí estaba hablando de M con respecto a su relación amorosa y no de M en Mocca? ¿No será que estamos muy empeliculadas?

—Eso pensé yo, honestamente. Creí que estaba dejando que mi inseguridad me hiciera ver todo como una amenaza.

—¿Y por qué dices «pensé» y no «pienso»?

—Porque tampoco termina ahí… y lo que sigue lo derrumba.

Me fui directo a la conversación que tuve con M sobre el deseo de Cayetana.

Azul reaccionó fuerte. Me hizo sentir cuerda y hasta consciente de que minimicé mis emociones por no lastimar a M cuando me contó.

—¡¿QUÉEE?! D, ¡¿por qué no empezaste con esto?! ¿Eres consciente de la gravedad del asunto?

Exhalé como si me quitara un peso enorme de encima.

—¿Entonces no crees que esté siendo celosa e insegura? —le pregunté.

Azul, como yo lo necesitaba, me dio una respuesta valiosa, racional y balanceada. Me dijo que había dos cosas distintas pasando y me las explicó con calma.

La primera cosa estaba relacionada con lo que me quedó en la mente después de la charla sobre Mocca: que Cayetana me había hecho entender, supuestamente, que M estaba desperdiciando su vida estando cómoda en lo conocido en vez de probar, como si yo la estuviera privando de su libertad. Esa cosa entera, me dijo Azul, era mía. En otras palabras, M nunca lo ha dicho, ni pedido, ni mencionado. M no se ha sentido asfixiada, ni limitada, ni infeliz, ni restringida a la hora de necesitar libertad o de vivir. Lo ha hecho a mi lado porque ha querido mi compañía, nuestra relación. Que yo sienta ese miedo es normal y válido, pero debo ser muy consciente de tomar esa idea como lo que es: un miedo, no una verdad… que no es lo que he estado haciendo.

—Okey, es cierto. Entiendo. ¿Y la segunda?

La segunda cosa era el descubrimiento de una nueva necesidad y, con eso, de la urgente petición de un límite. Me propuso que hablara con M, sin máscara y con honestidad, sobre cómo me estoy sintiendo. No estoy cómoda, no estoy tranquila. Es importante para mí que M pueda conocer mi necesidad actual: hacerle entender a alguien externo que cruzó una línea de respeto y que puede suponer un riesgo para nuestra relación. Necesito que M le ponga un límite a su mejor amiga. Azul, como siempre, dijo que de pronto Cayetana no es consciente del peso de su comentario y que tal vez, cuando M marque el límite, eso la ayudará a verlo. Tengo que darle la oportunidad.

Tenía razón. Ambas cosas estaban pasando y eran importantes. Una era un miedo y la otra una realidad.

Me di cuenta de que no quise:

1. Ahondar con Azul en mi sensación de culpa por no estar y dejar de existir… Sentía hasta responsabilidad por no haber estado en Mocca esa noche. Como si eso le diera permiso a olvidarse de mi existencia y, en el fondo, justificara lo que dijo mi supuesta amiga.
2. Reaccionar fuerte con M porque no quería que lo que siento se leyera como celos. Es más, aún me preocupa que me esté autoengañando y que sea, en parte y en el fondo, eso… celos. Pero yo solo sé que no quiero poner en riesgo mi relación y no estoy cómoda con seguir como si nada.

Respiré hondo.

—Tienes razón. Voy a hacerlo, pero tengo que confesar que no dejo de preguntarme qué pasará si a M le da curiosidad —medité y rogué que ella supiera la respuesta exacta.

—Me voy a salir terriblemente del tema de Cayetana como tal, pero tengo una duda real…

—¿Y es…? —La invité a seguir hablando.

—D, ¿qué esperabas? ¿Que después de enamorarse de ti M no pudiera sentirse atraída por otra persona? ¿Que no pudiera sentirse a gusto sabiendo que le gusta a otra persona?

—Por Dios, Azul…

D

—Te lo pinto al revés. ¿Tú crees que, por enamorarte, nunca jamás vas a poder sentir atracción o química con nadie más por el resto de tu vida? Así ustedes dos se casen y vivan felizmente juntas hasta que tengan noventa y ocho años… —Dejó la frase así y me puso a pensar.

Con M ya hemos hablado antes del tema. Y desde que estamos juntas como novias ha sido natural, orgánico y agradable para ambas decirnos cuando alguien nos parece atractivo, sexy, guapo o, incluso, cuando sentimos que podría existir tensión o química con otra persona. Lo compartimos y hasta comentamos nuestro *feedback* al respecto. No ha sido injusto, no ha sido desleal y no ha sido escondido. Es más, la conversación con Azul me incomodó ligeramente porque con M hemos hablado de ella justo como uno de esos ejemplos, como alguien que, para ambas, tiene la mayoría de las características que nos parecen atractivas.

—M es un ser humano, tú lo eres, Cayetana lo es y yo lo soy. Amar a alguien no significa que otras personas no pueden llamarnos la atención de ninguna manera ni que queramos ser invisibles para el resto del mundo solo para no herir a nuestra pareja. Aquí lo único que yo veo como verdad es que M te lo ha contado todo, D. Eso demuestra que, aunque es consciente de su capacidad para atraer a otras personas y, suponiendo que también de su propio posible deseo y curiosidad (no hablo de Cayetana, sino en general), ella solo quiere estar contigo y eso es lo que te puede dar paz.

—¡Qué fastidio!

—¿La situación?

—Pues sí, obvio, pero me refería a ti, tienes razón.

—Eso no debería extrañarte… Te recomiendo acostumbrarte desde ya. Pasa todas las veces. —Nos reímos. Su humor y sus autopiropos siempre me sacan del lado amargo de las cosas.

—Ojalá mi novia también pensara que tengo la razón de vez en cuando… —comentó con un poco de tristeza y frustración.

Es de las pocas veces que la he escuchado quejarse de su relación a pesar de que M y yo hemos hablado de que no se veía tan feliz.

—¿Están teniendo problemas?

—Ni quiero hablar del tema —contestó, intentando evadir la pregunta—. Solo te digo que para mí es más fácil predicar que practicar.

No la empujé más.

Hoy es un día de esos que me da ganas de marcar en el calendario. Seguramente se marque de todas formas, y en automático, dentro del calendario interno que se ubica justo dentro de la memoria.

Primero, porque hoy sentí mucho miedo de perderla… y ese miedo deja huella.

D estaba en mi apartamento. Ella estaba trabajando en cosas de Bodies & Stories en su computador mientras yo avanzaba otro poco con mi trabajo final. Me desconcentré un momento y la miré, pero me encontré con que ya me estaba observando ella a mí.

—No quería romperte la inspiración, pero también quiero que hablemos.

No lo pensé dos veces y me levanté de mi escritorio para sentarme a su lado, en la cama. D, después de cerrar la pantalla de su computador y dejarlo en la mesa de noche, puso encima de nuestras piernas la cobija que estaba antes regada sobre la cama. Se aseguró de que ambas quedáramos muy arropadas y sonreí. Me pareció muy lindo, me dio seguridad. Se sintió como un gesto de que estábamos juntas en lo que me iba a decir, en eso, en todo.

D tenía una mirada que he visto muy pocas veces en mi vida. Me imagino la visual en mi mente de un bowl con los siguientes

confusos ingredientes: temor, vergüenza, dificultad y ansia, pero
también valentía, seguridad, firmeza y determinación. Todo
mezcladito. Es especial. He visto esa mirada antes cuando tiene
que decir algo que no quiere decir, pero que va a decir igual-
mente, porque D al miedo lo ve, solo que no la detiene.

Yo tenía razón. Le costó muchísimo decirme que sí se sentía
increíblemente incómoda con lo que me dijo Cayetana de querer besarme. Que sí le generaba cosas. Que no eran celos, que
iba más allá de eso. Que le daba miedo la fuerza que ejercía
Cayetana sobre mí, y ahora, su inconsciente insistencia. Que
podía representar un peligro para nuestra relación. Que, aunque
D necesita un límite para tener paz, no iba a decirme que eligiera entre mi amiga y ella jamás, y que no quería que yo hiciera
eso por mí misma tampoco. Que no era cuestión de elegir. O
que eso esperaba. Que solo necesitaba que yo, a mi manera,
encontrara cómo marcarle el límite a Cayetana. Que Cayetana
abrió un huequito por donde planea seguirse metiendo y que
dejarlo abierto es riesgoso, pues la personalidad de esa mujer
es capaz de romper la pared entera, así que es mejor cerrarlo.
Que a veces le da miedo que yo necesite experimentar más…
que por eso le da miedo decirme lo que me está diciendo. Que
ella no quiere detenerme y por eso me preguntó el otro día si yo
estaba segura de no querer lo mismo que Cayetana.

Tenía todo el sentido del mundo. Me dolió saber que sentía
todo eso y que yo estaba ahí, causando su preocupación. Me dio
miedo el huequito del que hablaba. Me dio miedo que Cayetana
rompiera la pared. Me dio miedo mi casa. Me dio pánico perder
a D. Perderme a mí.

—¿Tiene lógica? —me preguntó.

—Sí. La tiene toda. Lo entiendo todo y tienes razón —acepté.

—¿Sí? —me preguntó, de verdad.

—Sí. Creo que me golpea fuerte todo, pero, sobre todo, algo…

—¿Qué cosa?

—Que me asusta lo que dices sobre la fuerza de ella sobre mí. Me cuesta verlo, admitirlo y oírlo, pero es cierto. Odio la idea de sentirme «manipulable» y por eso creo que lo he tratado de negar.

Decirlo fue difícil y seguro me copié de la mirada de D sin quererlo.

—Amor —me llamó y recostó mi cabeza en su hombro—. Te costó mucho decir eso…

Acepté con mi silencio.

Me marcó la cercanía que sentí y el miedo se volvió seguridad. Me acordé de mi terapeuta y de cuando me ha mencionado que la vulnerabilidad acerca, paradójicamente, a pesar de que antes de adentrarse en ella se sienta como si fuera a generar el efecto contrario. Esa magia siempre me vuela la cabeza.

Le giré la cabeza y levanté la mía. Nos puse juntas y le hablé por encima de su boca.

—Gracias por decirme lo que me dijiste hoy. Lo recibo —hablé con cariño.

—Gracias a ti por contármelo todo, pues, sea lo que sea, siempre me dices también lo difícil, lo que cuesta.

Se me detuvo el corazón.

Recordé justo ahí (muy tarde, según mi mente) que no le había dicho nada de la idea que me obsesionaba desde hace un rato y de lo otro que hice.

—Hay otra cosa que no te he dicho —dijo, haciéndome volver al planeta Tierra.

Me sentí identificada con su oración. Descansé, de cierta e injusta forma.

—Ferre... me da pesar. No debe saber nada —concluyó D.

Sentí que era el universo diciéndome que no era el momento de revelarle mi cosa no dicha.

—Yo también he pensado mucho en él y en lo culpable que me siento de que no conozca lo que me dijo su novia —le respondí yo.

Hablamos un buen rato sobre eso. Y aunque pensar en Ferreira nos hacía sentir muy incómodas y tristes, concluimos que no estaba en nuestras manos reparar lo que Cayetana hacía o dejaba de hacer con su relación. Esa era una responsabilidad solo suya.

Yo me ponía en sus zapatos, en los de Ferre, y era imposible no sentir que había un grado de traición de mí hacia él dentro de lo que sucedía. Aunque yo no decidí el rumbo de las cosas, sentí que hasta lo de él era mi culpa.

D

En cuanto a mi relación con M, estaba muy agradecida con ella por habérmelo contado todo y sentía una expansión de nuestra confianza. Tenía ahora la seguridad de que ella realmente me contaba hasta lo más incómodo de contar. Sabía que, por encima de todo, estaba la honestidad, porque esa era la base de nuestra relación. La amaba más que siempre. Y aunque pensara muchas veces sobre el deseo, externo (del mundo hacia a ella) e interno (de ella hacia él), la deseaba yo a ella más que nunca.

La idea de casarme con ella no era solo un pensamiento que se me había ocurrido una vez al verla bailar.

Y, para ser más específica, ya no era una idea que me visitara la cabeza una o dos veces por semana.

Imaginarla mi esposa, como sea que decidiéramos que eso se viera, era mi nueva secreta obsesión.

Una noche lo decidí.

Los días empezaron a pasar y la decisión, en vez de diluirse como tinta en agua, como pensé inicialmente que pasaría, se asentó fuerte como cemento. Me cuestioné tantas cosas en el camino que ya estaba cansada de hablar conmigo misma. Me pregunté si estaba actuando desde el dolor de lo que pasó, si estaba actuando desde el enamoramiento que sé que sentía, si debía decirles antes a mis papás o no, si buscar consejo, si seguir mi inercia, si hacerlo lo más rápido posible, si esperar, si había perdido la cabeza, si era lo que más sentido tenía en el mundo, si el matrimonio era algo que yo quería, si iba a sacar a M corriendo con la pregunta, si me decía que sí, si me decía que no. También me cuestioné lo que no quería cuestionarme hasta el momento: ¿será que la idea de casarme con ella me da la ilusión de callar el miedo de que lo nuestro se pueda terminar? Me cuestioné si, tal vez, lo quería tanto porque de forma inconsciente me hacía creer que eso podía solucionar mis inseguridades, que eso podía solucionarnos… pero mi respuesta fue «no» siempre.

Sentía la necesidad de buscar validación y, por algún motivo aún bastante desconocido para mí, pensé en mis papás. Me daba mucho miedo estarme equivocando en grande y me volví a sentir chiquita, corriendo hacia el cuarto de ellos dos, muerta de susto, buscando sus voces para tranquilizarme. Seguramente el hecho de estar en mi cuarto y pensar en llevar nuestra relación a otro nivel me hizo revivir un *flashback* de cuando mi mamá se enteró de nosotras dos… Me dieron escalofríos y sentí un poco de angustia al imaginar lo que podían decirme porque, aunque hoy en día somos todos una familia y no percibo nada distinto a amor de su parte hacia M, es una decisión grande.

A mediodía, cuando en tiempo récord terminé de trabajar en lo que tenía pendiente, llamé a mi mamá para preguntarle si estaban en casa. Me dijo que sí y me invitó a almorzar; había hecho sopa, mi comida de confort, y lo tomé como un guiño del universo.

Llegué y volví a sonreír al darme cuenta de que incluso Sabrina había ido a almorzar. Me esperaban en la mesa y los saludé con un beso en la frente a cada uno. Nos sirvieron nuestros platos y, antes de empezar a comer, acomodé los brazos sobre la mesa, junté las manos y respiré hondo.

—Hay algo que quiero contarles.

—¿Qué, mi chiqui? —preguntó mamá.

Sabrina había empezado a comer, pero me miró con curiosidad. Papá estaba atento, como esperando que yo soltara el balde lleno de agua.

No sé si debí empezar así..., pensé.

—No sé cómo empezar.

Definitivamente no debí continuar así..., pensé.

—Hazlo como más cómoda te sientas —respondió papá.

Tragué saliva.

No podía hablar.

El que piensa, pierde. El que piensa, pierde.

El que piensa, pierde.

Esa frase no es cierta para todo, pero me la repetí muchísimo porque nada más parecía impulsarme.

—Es una noticia maravillosa para mí porque siempre soñé, como ustedes, que cuando fuera el momento, el lugar y la persona indicada lo sentiría con convicción en el corazón...

Todos me miraron, confundidos.

El que piensa, pierde. El que piensa, pierde. El que piensa, pierde.

—Quiero que ustedes sepan primero porque quiero que entiendan cuánto me importan —continué.

—¡Qué suspenso! Quiero saber ya. Me estás matando de la intriga —dijo Sabrina.

El que piensa, pierde.

—Quiero pedirle a M… que se case conmigo.
Todos se quedaron callados.

¿perdí?

Cerré los ojos y pensé en cómo defenderme de una segunda tormenta, una probablemente peor. Me temía lo peor cuando…

—¡Felicitaciones! ¡Felicitaciones! ¡Felicitaciones! —repetía una y otra vez Sabrina.

Miré al frente y, para mi completo asombro, mamá estaba sonriendo.

—Chiqui… —dijo mi mamá.

—¿Sí? —pregunté.

Mamá permaneció callada y supuse que no quiso continuar con la idea que le habría pasado por la mente.

Estaba pasmada. Sabrina se levantó para abrazarme y tomé sus brazos.

—Gracias —murmuré con suavidad.

D

Mamá se levantó de su puesto y se paró frente a mí.

Sabrina me soltó para que me pusiera de pie también. Me levanté sin tener idea de lo que venía y mamá, de la nada, me abrazó con fuerza.

No necesitaba que dijera nada.

—¿M no sabe nada, entonces? —preguntó Sabrina.

—No, solo lo sabe mi mente… y pues… ustedes ahora también.

Papá no decía nada y eso era lo más preocupante para mí. Lo miré fijamente, tratando de buscar una respuesta, pero él miró a otro lado. Durante la conversación solo había asentido, pero yo necesitaba saber qué pensaba al respecto. Sin embargo, esa noche no pude tener ninguna respuesta de su parte…

Aunque me gusta pensar que ya soy independiente, debo admitir que tuve noches de poco sueño pensando en su silencio.

Dos días después recibí una llamada suya para invitarme a almorzar. Esta vez no había sopa, ni confort, ni guiños del universo. Me alegró que rompiera por fin ese silencio, pero al mismo tiempo no sabía qué tanto ruido se avecinaba.

En el almuerzo ambos estábamos incómodos. Yo por su silencio y él por lo que quería decirme. Cuando por fin se animó a hablar, me dijo:

—Escucha, hija, sabes que te amo todo lo que es posible amar y que deseo lo mejor para ti. Siempre te he apoyado en tus locuras y en tus aciertos, pero esta vez, quizás por primera vez, creo que te estás apresurando con la decisión. Entiendo que estás completamente enamorada de M, pero el matrimonio es

otra cosa. Y lo que quisiera es que te lo tomaras con calma antes de dar un paso así. Las dos necesitan vivir más.

Otro maldito «vivir más».

Me tienen harta.

Puse los ojos en blanco.

Me sentí confundida. Era mi padre quien decía aquello, mi
primer amor, el hombre que tiene toda mi admiración y respeto, pero aun así yo quería decirle que no, que estaba equivocado,
que no había nada que pensar, que lo que hubiera que vivir lo
viviríamos juntas o no lo viviríamos, que M y yo estábamos
listas para lo que viniera, que nuestro amor era más fuerte que
todo. Sin embargo, al final no fui capaz y tan solo lo dejé hablar.
Sonreí, le dije que estuviera tranquilo y le prometí que pensaría
las cosas con calma.

¿Algo de mí estaba de acuerdo con él? ¿O solo temía que su
voz estuviera mostrándome lo que la de M diría? ¿Por qué no
lo refuté? ¿Me da miedo que M me refute entonces me lo evito
desde ya?

Pude ver que mi reacción tampoco era la que él había pre-
visto. Me preguntó un:

—¿De verdad?

Y yo le respondí usando sus mismas dos palabras, pero en
afirmación:

—De verdad.

postal de una cena / sin _nada_ de apetito.

Estaba tan consumida en el torbellino de mi trabajo final que todo lo demás, menos D, me significaba muchísimo esfuerzo. Después de que pasó lo de Cayetana, abrí una espiral de cuestionamientos dentro de mí en cuanto a todo en mi vida, menos acerca de mi novia, pues de ella estaba segura. Me costó reconocerlo porque amaba a Mocca, amaba mi carrera, ir a las clases, escuchar a los profesores y aprender tanto, pero ahora simplemente no quería hacer nada más que escribir por gusto y me era muy difícil olvidar ese placer para ir a trabajar o ir a clases. Nunca he sido así. Me cuesta siempre más el placer que la responsabilidad. De hecho, el tema de dejar de ver el disfrute como algo negativo es uno que toco muy a menudo con mi terapeuta. Pero estaba experimentando algo nuevo y de pronto era necesario para mi expansión. Una frustración empezó a crecer en mí, la frustración de no poder dedicarme completamente a lo que quería.

Un día, por fin, me atreví a contarle a D lo que había hecho. No soy buena guardándome cosas ni me interesa serlo. Algo hablábamos sobre el futuro y empecé así:

—Voy a contarte algo que ha estado en mi mente por un rato…

—Okey —dijo D con una sonrisa de sorpresa—. Siento que esto va a ser interesante.

—Sí, interesante es un buen término —acepté, nerviosa—. He estado pensando en que solo he vivido en Bogotá y me gustaría experimentar un cambio de lugar. Pensé en Barcelona porque…

—¿Te quieres ir de Bogotá? —me interrumpió D con un tono tan fuerte que me asustó. La expresión de su rostro me pareció hasta exagerada. No entendía el volumen ni la manera que había elegido para preguntarme aquello.

—Pues lo pensé… —le contesté automáticamente, confundida por su reacción.

D guardó silencio por varios segundos y yo, de verdad, no podía entender por qué.

Me detuvo cuando justo iba a contarle el resto. Pensé en que la idea nació, de cierta manera, de Cayetana. Y que, después de lo que hablamos el otro día ambas, sobre la fuerza que ella ejerce sobre mí, no era viable mencionarlo. Todo iba a parecer como que Cayetana me manipulaba hasta en eso.

—¿Qué pasó? ¿Odiaste la idea? —pregunté.

—No, no. No lo puedo creer. Yo no podría haberme imaginado que querías irte del país… Hacer un cambio tan radical.

— Pues no estoy diciendo para siempre…

—¿Y eso debería calmarme por…? No entiendo nada. ¿Desde cuándo has estado pensando en irte?

Me quedé en silencio un momento. Realmente no pensé que fuera a tener una reacción tan chocante ante mi idea de irnos, pero fue ahí cuando caí en cuenta…

—¡Espera, D! Pensé en esto, pero solo si es contigo…

Ya era tarde—. Siempre decimos que nuestro hogar está donde estemos las dos, ¿no?

Permanecía callada.

Dudé de mi comunicación. Dudé ahora sobre cómo incluir *lo que hice*. Solo su reacción a la idea había sido pésima, así que ¿ahora cómo le iba a decir el resto? Por falta de valentía no empecé con lo que debía empezar y ahora ya era muy tarde para añadirlo. Si antes temía que el recibimiento fuera malo, sentía que bajo estas circunstancias iba a ser incluso peor.

Detesto la realidad de que haya sido Cayetana la que me mostró un día la residencia para escritores en España.

Me enamoraba la idea. De hecho, lo único que no me gustaba de ella era la sensación de estar haciendo algo malo. Solo investigar sobre la residencia me hacía sentir culpable, lo que reforzaba la idea falsa que siempre he tenido de que el placer es malo, pues si fuera a esa residencia sería por gusto, por darme un autorregalo, por placer. Pero, intentando sanar esa herida, siempre llegué a la conclusión de que por primera vez no iba a creerle. Que dar pasos hacia lo que me gusta, me divierte, me interesa y me da curiosidad está bien.

De que el placer no es un pecado.

Pero aquí estaba, de nuevo, repitiéndome mi familiar pensamiento: sí está mal.

Hice algo *mal*. No fui capaz de decir lo que hice. Y no decirlo estaba mil veces *mal*.

Dudé de mi idea, de mis formas.

Dudé de mí entera.

Me metí en un hueco oscuro mental.

—Creo que el orden de lo que dije no fue el adecuado, amor. ¿A ti dónde te gustaría estar en un año? —agregué.

D dudó un rato, con una expresión seria, como tratando de encontrar la respuesta más honesta, pero luego respondió con un tono que no me gustó, con un chiste que no le pareció chistoso ni a ella y que acabó el juego.

—En un año… quizá me gustaría estar en la India, haciendo yoga, meditando desde la madrugada hasta el mediodía, haciendo un voto de silencio y tomando chai a lo que da. —Y decidió terminarlo poniéndole la cereza al pastel—: Contigo, por supuesto.

Mierda.

¿CÓMO ALARGO LOS DÍAS?

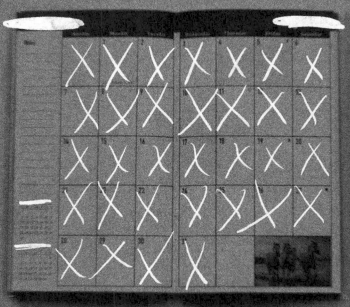

¿LOS MESES?

D

He dicho cosas inmaduras como una reacción natural al dolor muchas veces en la vida, pero mi manera de reaccionar ese día está en el top 3. Si no es que es la ganadora.

Nada justifica mi reacción, pero igual voy a justificarla:

Llevo un rato largo tratando de autoconvencerme de que a M no le falta nada, que M no es de las que necesita cambiar de vida cada día, que M no necesita «vivir más» porque vivir a nuestra forma es hacerlo, que está feliz como está, que estamos listas para casarnos, que se proyecta como yo con ella, que Cayetana no tenía razón. He luchado tanto tiempo esa batalla que su idea de irse me cayó como un balde de agua helada, como si mi miedo siempre hubiera sido real y no una fantasía.

Me enojé conmigo. Con Cayetana. Con el mundo. Con M. Hasta con mi papá. No respiré mis emociones, no digerí lo que me estaba generando que era mío, no me controlé y solo reaccioné. No entendí tampoco que su plan me incluía, de pronto por mi inseguridad o porque de pronto efectivamente no era conmigo, y porque cuando me lo propuso fue por cómo me vio reaccionar. No sé. No sé nada. No quiero pensarlo más tampoco. Lo único claro como el agua es que quedé terriblemente avergonzada por mi pasivoagresividad.

En los días consecuentes no podía ver un maldito té chai en un menú sin que me apenara terriblemente. Y aunque le pedí perdón a M al día siguiente y ella me besó como respuesta, nunca volvimos a retomar el hilo del futuro. Lo dejamos ahí… colgando, sin tejer, en un veremos… En un enredo de discrepancias enormes… Seguimos como si nada.

A todo se le sumó el hecho de que se acercaba el cumpleaños de M y yo solo quería enfocar mi energía en ese futuro cercano (y lo que me quedaba en imaginarme despierta el futuro lejano con el que estaba secretamente obsesionada).

Nuestros amigos llevaban rato convenciendo a M de que hiciera algo diferente para su día. Y no solo algo diferente, sino atrevido para sus estándares. Yo estuve de acuerdo, pues, al final, últimamente parecía querer salir como fuera de la comodidad. Le vendieron la idea de una fiesta de disfraces. M, naturalmente, al inicio tenía ganas de ser succionada por un hoyo negro. Pero le insistieron en la anécdota que quedaría en su mente futura: disfrazados todos (así ella no sería el centro de la fiesta) y M terminó por aceptar.

Creo que me aproveché un poco de la búsqueda de expansión que notaba en ella. Me moría por salir con ella a bailar y me escudé un poco en las circunstancias del momento para, por primera vez, persuadirla de tal cosa. Por supuesto, salir de fiesta no es sinónimo de expansión, pero sí es algo que todos sabemos que vive al otro lado del mapamundi de su confort.

Me moría por salir a bailar.
No.
Me moría por sacarla a bailar.
Me moría porque, ya allí, me sacara ella a bailar.

Un nuevo 31 de octubre.

Sábado.

7:00 a. m.

Abrí los ojos y apenas me sentí realmente despierta me puse la almohada encima de la cara, absolutamente angustiada por ese «sí» que le había dado a D. Una parte de mí se sentía aún mal por cómo terminó todo el cuento de Barcelona. Y esa misma parte fue la que quiso compensarlo aceptando la propuesta de D. No quería victimizarme, así que nunca se lo dije a ella. Lo hecho, hecho está. Me quité la almohada, pero al imaginarme disfrazada volví a ponérmela encima.

Me dieron ganas de vomitar.

Me levanté de la cama mientras mi voz de la razón me repetía que dejara de hacer drama por algo tan insignificante.

Pero otra voz en mí (o tal vez la misma en plena bipolaridad) cuestionó mi anterior interrogante.

¿Inmadura por tener vergüenza de disfrazarme?

¿O disfrazarme es el acto de inmadurez?

¿O estar en este dilema, en este punto de mi vida, es la descripción viva de lo que es ser inmaduro sin haberlo sabido antes?

Quince pasos para llegar a mi baño. Me quité la camiseta y la boté al suelo. Abrí la ducha. Treinta segundos para que el agua llegara a la temperatura ideal. Pies dentro de la ducha. Jabón, *shampoo* y acondicionador. Seis minutos bañándome para no gastar tanta agua. Salí y me puse una toalla enorme alrededor. Me desenredé el pelo y me lo dejé suelto para que se secara naturalmente. Elegí una sudadera blanca y salí de mi cuarto para prepararme el desayuno. Di cinco pasos antes de notar la bomba de helio azul que se había escapado de la sala…

Dios mío.

Empiezo a revisar si mi reclamo y ansia de expansión han sido demasiado ruidosos, porque la vida parece estar lanzándome cosas más allá de incómodas para mi personalidad.

Me detuve y respiré hondo.

Lo he pedido, lo recibo.

Alana, que no se dio cuenta de que yo ya había salido, pasó con sigilo hacia el pasillo para agarrar la bomba que se le había escapado. Me hizo muchísima gracia verla correr en las puntas de sus pies, haciendo todo lo posible para no despertarme, justo al frente mío. Mi carcajada la espantó.

—¡Perdón! No. Hay una explicación... Te amo. ¡Ah! ¡Feliz cumpleaños!

La tomé del brazo y la abracé fuerte para hacerle saber que estaba agradecida.

Alana me guio hacia la sala y ahí nos encontramos a mi papá, que estaba terminando de inflar un globo con la boca. Al vernos lo soltó y el aire que salía del globo hizo aquel sonido chistoso. Papá se asustó al verme y miró a Alana.

Me emocionó el alma saber que habían organizado la sorpresa y también el esfuerzo de levantarse temprano, conseguir todas esas cosas, armar todo, poner bonito el espacio y usar mis colores favoritos… con el único propósito de hacerme saber que agradecían mi existencia y que valoraban mi ser… así todavía deteste los globos y la parafernalia de los cumpleaños.

—Wow.

—¿Te gusta? ¿O te asusta? —me preguntó papá.

—La primera —dije.

Mi papá se conmovió y sonrió con ternura.

Globos por todos lados. Azules. Si tuviera que adivinar cuántos eran, diría que había un mínimo de treinta. ¿Cuánto tiempo llevaban en eso? Sonreí imaginándome a mi papá y Alana inflándolos, uno por uno a pulmón, mientras trataban de hacer silencio para no despertarme. Sentí amor profundo por ellos.

Globos.

- Objetos inanimados, aparentemente insignificantes, que eran un gran asunto en este hogar por el terror que me generan a mí, pero también por el lindo significado con el que lo asocian ellos dos.
- Lo único que necesitábamos, sin antes saberlo, para notar un avance monumental interior que estaba ocurriendo dentro de mí.

- Cosas que, hasta ese día, entendí que muchas personas no valoran. Además, papá y Alana, debido a mi tedio hacia la alegría, soñaban con poder tener un día especial dentro de estas cuatro paredes.

Papá empezó a servir el desayuno y me hizo saber que había hecho «migas», su plato estrella: *omelettes* con trocitos de arepa incrustados. Nos sentamos en el comedor, debajo de varios globos que bailaban por el techo. No podía dejar de mirarlos y de repente me empezaron a parecer agradables.

—Mamá está sonriendo desde el cielo —dije.

Lo sentía en mi corazón.

Era la primera vez que sonreía tanto en uno de mis cumpleaños.

Solo cuando íbamos a empezar a desayunar vi que había otro puesto servido y que papá y Alana se estaban mirando con complicidad. En ese instante sentí a alguien detrás mío.

—Feliz cumpleaños, M.

Era D.

Me levanté, atónita. Me tapé la boca con las manos porque no me lo esperaba. Las últimas semanas habían tenido momentos difíciles para las dos, así que la abracé fuerte. Me sentía plena y afortunada. Sé que ella, como yo, pensaba en que habíamos atravesado cosas complicadas, pero que la tor-

menta ya había pasado. La energía de ambas se sentía a kilómetros de ese edificio. La besé como si fuera su cumpleaños
y no el mío. Tenía un buen presentimiento de lo que venía, de
nosotras.

Nos sentamos a desayunar y presentí que sería un muy buen
día.

Al terminar de comer, D se levantó para llevar los platos a la
cocina. Papá me dijo que me arreglara porque D nos iba a llevar
a algún lugar.

—Es opcional, pero me pareció que se ve espectacular en
fotos —dijo D y volteó la pantalla de su celular.

Un mariposario.

Siempre había querido ir a uno, aunque nunca se lo había dicho
a nadie. Asentí con una gran sonrisa y no dije nada más. D des-
cansó y suspiró al entender que me había encantado su idea.

Todo de ti me encanta, si entendieras hasta qué grado…
Pensé.

Fuimos los cuatro y recorrimos el lugar completo durante
varias horas. Me sorprendió mucho más de lo que esperaba.
Nos reímos de cualquier cosa, no parábamos de señalar a un
lado y a otro cuando una nueva mariposa, más grande, más
colorida y más brillante, aparecía frente a alguno de nosotros.
Pero mi momento favorito del día fue cuando una mariposa
de un azul vibrante y casi transparente se posó sobre uno de
mis hombros sin que yo me diera cuenta. Mi papá fue el que
me hizo el gesto de que mirara sin moverme rápido. Mamá

amaba las mariposas azules. No pude evitar sentir que ella estaba en mi hombro.

Me sentía muy cerca de mamá. Y para mí no había manera de pensar en un mejor regalo para alguien que ese.

D siendo D.

Les dije lo agradecida que estaba con ellos por estar ahí conmigo y por primera vez no tuve ganas de llorar de tristeza en uno de mis cumpleaños, sino todo lo contrario. Sin duda fue mi mejor cumpleaños. Nada podría dañarlo.

Luego del mariposario volvimos todos juntos al apartamento a descansar. Alcanzamos a cenar, a ver a Alana disfrazada de Bella y a hablar un poco más antes de salir al encuentro con nuestros amigos en mi primera fiesta oficial de cumpleaños. Esa frase aún me sonaba ridícula en la mente. Me disfracé de Lara Croft por sugerencia de D, quien lo propuso ante mi negativa rotunda a alquilar un disfraz. D, como era de esperarse, había hecho su propio disfraz de Cher, de *Clueless*. Al verla personificada, con su propia creación puesta, sentí que todo valía la pena.

Cuando D y yo entramos a la discoteca reconocí a Cayetana casi de inmediato. D me tomó de la mano con fuerza porque también la vio (creo yo) y avanzó. Cayetana y Ferreira se voltearon al tiempo, pero fue él quien se adelantó a abrazarme y a felicitarme.

Sentí mi ansiedad mirarme de cerca.

—No invitemos a Cayetana, ¿sí? —le pregunté a D hacía unos días cuando íbamos en su camioneta, camino a dejarme en la universidad.

Repetí el momento en mi mente.

Me miró, era obvio que estaba analizando las opciones antes de responderme.

—M, ya te lo dije, nunca te voy a hacer escoger entre ella o yo. Solo quiero que el límite esté claro con ella. Sé que Cayetana es importante para ti.

—Sí, pero me gustaría haber podido tener esa conversación con ella antes de la fiesta. Con mi proyecto final tan cerca no he tenido ni un minuto para hablarle a nadie… —Sentí culpa por no haber hecho de esa conversación una prioridad.

—Si la vas a tener, no tengo problema con que esté en la fiesta. Me parece raro para todos si la única desinvitada es ella, y también me da pesar con Ferre… Puedes hablar con ella después, si es lo que quieres hacer.

Accedí.

Volví al presente.

—Feliz cumpleaños —me susurró al oído Cayetana. Su aliento ya olía a alcohol.

—Gracias —le dije, apartándome de ella y de su olor.

Miré a Cayetana sin querer cuando me di cuenta de que tenía todo el torso al descubierto, excepto por un top negro. Quería entender su disfraz. Subí los ojos lo más rápido posible y rogué para que no hubiera visto mi mirada sobre su cuerpo. Y no porque la hubiera mirado con deseo, sino porque fui consciente de que era posible que ella pensara que sí había sido con él.

Sonrió.

Lo pensó. La miré y lo pensó. La miré. La cagué.

Temí que hubiera tomado mi *shock* como una señal. Tenía que hablarlo ahí mismo con ella. Ojalá lo hubiera hecho antes… volví a arrepentirme terriblemente por eso. No podía pasar más tiempo así, entonces en un rato la apartaría del grupo y se lo diría. Descansé cuando se giró para servirse un trago, pero me tensioné una vez más cuando la vi caminar hacia mí con dos *shots* en las manos. Rechacé el que me ofrecía y ella se los tomó ambos en menos de un parpadeo.

—Lara Croft… —dijo.

—Y tú… Mia Wallace, ¿no? —pregunté sin mirarla.

—¿Te gusta *Pulp Fiction*?

Sí. Muchísimo.

—Normal —respondí.

—A mí me encanta Lara Croft —me aseguró, acercándose tanto como pudo a mí. Miré a D, que estaba saludando al resto del grupo.

Mierda.

Iba a apartarla ahí mismo, pero en ese mismo instante llegaron Azul y su novia, que traía, como siempre (o casi siempre, para no ser injusta), cara de tragicomedia. La chica estaba de jeans y camiseta negra con estrellitas en el pecho. Azul vino a saludarme y, justo entonces, Cayetana se volvió a ir del círculo.

Había perdido la oportunidad de hablarle y no podía esperar para la siguiente. Me angustiaba prolongar esa conversación, así se tratara solo de unos minutos.

Le pregunté a la novia de Azul cuál era su disfraz. Volviendo a habitar mi cumpleaños, distrayéndome de Cayetana por un momento.

—Un cielo estrellado —dijo y yo no supe qué responder. Hice un gesto de sorpresa. Aquello me pareció extraño, chistoso y hasta tierno.

Azul, en cambio, estaba divertidísima en su famoso disfraz-no-disfraz de tenista, el que siempre usaba porque le daba pereza ir a buscar un disfraz real para ponérselo solo una noche. Ella siempre se viste igual y no le interesa complicarse con la moda, según ella, porque finalmente aceptó que no tiene ningún sentido para combinar ropa y no piensa perder el tiempo en algo que sabe que nunca va a aprender. Dice que para ella la moda es igual de fácil que aprender mandarín en la India.

Andrés estaba disfrazado de payaso sangriento y Manuel de calavera. Ambos me felicitaron y luego, ya todos juntos, nos movimos para encontrar la mesa que Ferreira había reservado. Nos acomodamos, dejamos los abrigos en la mesa y no esperamos más para irnos a la pista de baile.

Fuimos al círculo en el que todos los humanos cantan, socializan, bailan, gritan y toman mientras corean cada canción. No me sabía la letra de ninguna canción de moda, como era de esperarse, pero aprendí que la gente conecta profundamente al tiempo que demuestra sus dotes de recordación al recitar completos los *hits* de reguetón. Interesante.

D y yo, con el paso de varias canciones, nos convertimos en dos íconos femeninos que bailaban y se besaban con total libertad. Estaba disfrutando tanto el momento que me olvidé incluso de Cayetana. D y yo estábamos emocionadas con nuestros amigos y con las canciones que no parábamos de bailar. Sin embargo, en un momento, D se fue por una ronda de tragos con Ferreira. En ese instante Cayetana se acercó a bailarme. Su cuerpo se movía lento y su mirada era tan intensa que me incomodaba.

Todos en el grupo se reían y le gritaban que le subiera al nivel. Claro, nadie sabía. Mientras yo huía de forma sutil, Cayetana se acercaba cada vez más a mí, apenas rozándome con su piel. Luego la vi bajar despacio frente a mí. Cuando estuvo nuevamente frente a mí, clavó sus ojos oscuros y decididos en los míos y ubicó sus manos encima de su top, contuve la respiración, no porque me tentara de alguna forma, sino porque me parecía el descaro en persona. Sentí adrenalina por la rabia que me producía su atrevimiento y no quise aguantarme ni dos segundos más para hablarle y marcar mi límite. La tomé de la muñeca y la aparté del grupo para no causar un problema frente a todos.

Azul era la única que no estaba celebrando las decisiones de Cayetana. Fue la única también que me vio y me preguntó al oído qué estaba haciendo. A lo que le respondí, de igual forma, que iba a frenar a Cayetana, que estaba hasta el cuello de la situación. Seguí mi camino con Cayetana agarrada de la muñeca.

La halé unos metros para alejarnos de donde estaban nuestros amigos y me volteé a enfrentarla. En cuanto la miré, le dije con fuerza:

—¡Cayetana, no más!

—¡¿Qué?! —me respondió.

Cuando la miré a los ojos me di cuenta de que no era únicamente el volumen de la música lo que le impedía escucharme.
Sus ojos ya no miraban fijamente, claramente estaba demasiado
borracha. Me frustró aún más ver esta segunda oportunidad
perdida. Ella no iba a entender, ni a asimilar, la importancia de
lo que tenía que decirle. No en ese estado. Con rabia y desespero decidí abandonar mi intento, pues no iba a servir de nada.
La deje ahí sola y me devolví hacia mis amigos.

Cuando llegué, vi a Ferre, pero no a D. Le pregunté en dónde la había dejado y me contestó que pensaba que había ido al
baño. Decidí ir hacia allá para encontrar refugio, para encon-
trarla a ella.

Entré al baño y dije su nombre en voz alta.

—¿D? ¿Estás?

No obtuve respuesta. Solo escuché a otras chicas riéndose
dentro de uno de los baños.

—¿¿D?? —repetí, mientras revisaba los baños que no estaban
ocupados, sin recibir una respuesta. No estaba ahí. Respiré hondo y decidí tomarme un segundo para pensar ya que me estaba
sintiendo abrumada con la situación.

En frente del espejo decidí lavarme las manos para sentir el
agua fría y calmar mi ansiedad. Con las manos bajo la corriente de agua, cerré los ojos por un momento hasta que escuché
que la puerta del baño se abrió. La música de la discoteca invadió el espacio. Levanté un poco la vista para mirar a través del
espejo y vi que era Cayetana quien se acercaba. No podía ser

cierto. Había más mujeres en el baño, todas borrachas, y la única sobria dentro de esas paredes era yo. Ella se hizo justo a mi derecha sin decirme una palabra. Sosteniéndose con el lavamanos, me miró.

—¿A ti qué te pasa? —me preguntó, molesta y trabándose con las palabras en su borrachera.

Sentí que no era el momento de explicarle nada en ese estado. Me quedé en silencio, intentando calmar mi creciente ansiedad, hasta que se acercó más a mí.

—Creo que estás muy tomada, Cayetana. ¡Ya! —le dije.

—Dime solo una cosa.

Empecé a buscar con la mirada la manera de salir de ahí, pero Cayetana estaba justo en el camino hacia la puerta. De un segundo a otro se acercó más y, ya parada detrás de mí, estiró las manos y las apoyó en el lavamanos en el que yo estaba.

—¡Cayetana! —exclamé. De inmediato pensé que sería mejor comunicarme de una manera más asertiva para intentar que entrara en razón una persona que no estaba en sus cinco sentidos (y una que, a pesar de todo, quiero mucho)—. Hablemos después, en otro momento, en otro espacio.

—Dime que no sientes nada cuando hago esto…

Me tomó con la mano derecha de la cintura y me volteó con fuerza. Quedamos frente a frente. Me dio tanta rabia que le agarré la cara con las manos le grité con fuerza.

—¡CAYETANA! ¡¡YA!! NO… —No alcancé a terminar mi frase cuando se lanzó sobre mí y sus labios callaron los míos.

El tiempo se detuvo y yo también me congelé. Fue tan solo un segundo, que sentí que duró un siglo, hasta que la puerta del baño se abrió y se cerró rápido. Quité la cara y precisamente alcancé a ver la espalda de D, que se iba.

Entonces empujé a Cayetana para alejarla de mí.

—¡¿Qué te pasa?!

Salí corriendo del baño y vi que, a su vez, Andrés corría detrás de D.

El tiempo seguía ausente. No había música ni tampoco personas.

Sentí que todo el centro de mi cuerpo se vaciaba.

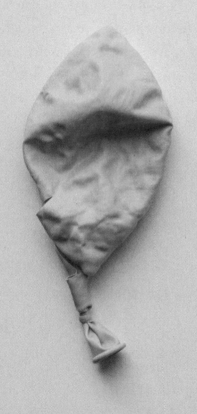

NO ERA TAN
DEMENTE
TENERLES
MIEDO.

D

¿Después de cuántos corazones rotos es que uno aprende?

Había ido al baño para no dejar a M ni un segundo sola en esa discoteca después de que me di cuenta de que ella no estaba con el resto del grupo y de que Ferreira me dijera que M me había ido a buscar allí. Agarré la manija con firmeza, pero cuando entré al baño la encontré de todo menos sola.

Con sus piernas mezcladas con las de…

y sus labios dentro de los de…

y sus manos en la cara de…

quien, se supone, era mi amiga.

Solo esa imagen. Una que nunca habría querido ver.
Corrí.
Fue lo único que hice.
No grité, no las detuve, no las interrumpí, no me quedé ahí, no hice un *show*, no le dije a nadie.
Corrí.
Corrí mientras lloraba, eso sí.
Tan rápido y tan lejos como pude.
Quería huir de esa imagen, de la sensación, del momento.

Salí de la discoteca sin saco ni chaqueta, sin pensar en no congelarme. O deseando congelarme rápido. No lo sé muy bien.

Hacía un par de horas sentía que estaba experimentando el mejor de sus besos y luego la había visto besar a alguien más. Y no a cualquiera, sino al nuevo motivo que me destapó un montón de inseguridades con sus quinientos supuestos errores anteriores… Era, sobre todo, alguien con quien antes me acostumbré a nombrar mis miedos y tristezas más profundas, alguien que antes incorporé a mi vida, a la nuestra. Alguien que antes estuvo presente en los momentos más felices de los últimos años, alguien a quien antes amaba de verdad. Todo me parecía ridículo.

Si había sido por ella, o no, me tenía sin cuidado. No podía entender cómo M podía haber permitido que llegara todo hasta esa situación después de lo que habíamos acordado. Me sentía tonta, ridícula y engañada. Me sentía avergonzada de mí misma. Me pregunté entonces cómo permití tanto. Las culpé a ellas. Y por primera vez vi el beso como algo que quizás era infortuito.

¿Y si esto estaba pasando desde antes? ¿Y si toda la versión que yo conocía era una mentira?

Estaba al borde del andén e intentaba parar un taxi. Me giré un momento y, entre la nubosidad de mis lágrimas, vi a M acercarse a mí, corriendo, visiblemente angustiada. Esta vez no era como las otras. No quería que ella me buscara, genuinamente no la quería cerca.

—D… Espérame.

D

Andrés y Azul salieron también de la discoteca, confundidos, pero ambos se quedaron atrás al darse cuenta de que era un asunto de nosotras dos. Ningún taxi se detenía. M llegó a mi lado, con 1. ojos llorosos, 2. mirada asustada y 3. voz temblorosa.

—Por favor, ¡hablemos! ¡Ella fue la que me besó!

—Siempre eres la santa o la víctima, ¿no?

—D… te lo juro, Azul vio cuando yo iba a decirle que ya no más.

—Pero supongo que, ya estando solas, fue más enriquecedor besarla que hablarle.

—¡No! Iba a marcarle el límite hoy, pero ella estaba demasiado borracha y…

—¡¡Qué límite tan bien puesto!!

—Le grité que se quitara.

—¿Dentro de su boca?

M me miró en silencio. Estaba igual de agitada que yo.

—No quiero hablarte ni medio segundo más —respondí sin mirarla.

—No te vas a ir sola.

—¿Nos vamos las tres? —pregunté y me volteé para verla, llena de sarcasmo y de tristeza.

Se quedó callada.

—Yo no lo busqué, D. No hice nada para que pasara. Te lo juro.

—¿Hiciste lo suficiente para que no, M? Piénsalo.

—Me estás lastimando con eso.

—Ahora soy yo la mala del cuento… Fuera de todo, ¿qué tengo que darte? ¿Compasión?

M no respondió y en vez de eso estiró los brazos, buscando alcanzarme.

—Ni se te ocurra tocarme ahora —dije y me alejé unos pasos porque un taxi se detuvo por fin.

—Créeme, D, por favor. No quería que esto pasara.

Me giré hacia ella de nuevo.

—¿Sabes, M? Ya viví esto y no lo pienso repetir. Mejor vuelve adentro y sigue haciendo como si no pasara nada. Después ya podrás echarle la culpa a Cayetana.

— ¿D? —me preguntó con un gesto de extrañeza y lágrimas en los ojos.

M se acercó hasta el taxi en el que me subí, pero no tuvo la valentía de intentar abrir la puerta. Y, la verdad, yo no tenía muchas ganas de hacerlo por ella.

III

¿RESPUESTAS?

Querer no significa siempre poder.

Quise caminar dos pasos más. Quise abrir la puerta del taxi. Quise subirme. Quise irme con ella. Quise explicarle… pero no fui capaz.

Había algo en su mirada que me detuvo.

Me quedé ahí, estática, viendo cómo D se alejaba. Sentí que no podía hacer nada, no en ese momento. Sin embargo, apenas vi el carro a una distancia prudente, me arrepentí de mi decisión. Si no hice nada malo, ¿por qué no iba detrás suyo hasta demostrárselo? Andrés y Azul se acercaron. No me moví tampoco entonces. Seguía con el cuerpo dirigido hacia donde me dejó el taxi… o donde yo lo hice dejarme. Me dejé abrazar por ellos, me dejé consolar así yo no tuviera por qué ser consolada.

—Calma, M —dijo Azul—. Tranquila. Ahorita están con las emociones descontroladas. Seguro después lo van a poder hablar y resolver.

Lo de no poder hablar era cierto, no tenía nada de voz dentro de mí. No pude responderle nada. Azul le dijo un par de cosas a Andrés, aunque yo los escuchaba lejos, como en otra dimensión. Creo que le pidió que entrara y disipara un poco la atención para cuidarnos a ambas y que el drama no se agrandara más dentro del grupo. Le dijo que ella se encargaría de mí y de que llegara sana y salva. Le pidió que por favor llamara a D porque a ella, hasta el momento, no le había contestado el teléfono. Que le avisara cualquier cosa.

Efectivamente fue Azul quien me llevó a mi casa en otro taxi que detuvo para nosotras. Yo seguía muda. Azul no me presionaba para que dejara de estarlo y valoré eso. Me moví por inercia hacia donde mi amiga me indicaba y minutos después fue cuando conocí, ahí, sentada con ella en la parte de atrás de ese taxi, en completo silencio, una tristeza nueva. Todo lo que yo quería era devolver el tiempo, dar marcha atrás, *no haber entrado a ese baño, no haber ido a esa fiesta, no haber cumplido años, no haberle hecho esa estúpida pregunta a Cayetana en el juego…* No paraba de arrepentirme de todo y, en medio de la tormenta emocional, llegué a sumarle a la lista incluso: *no haberla dejado entrar a nuestras vidas.*

Volví a mi casa y repasé cada segundo de lo que había pasado. Cada vez me ardía más ese ejercicio. Repasé mis palabras y las de D, me pregunté por qué me demoré en salir, por qué no me fui apenas vi a Cayetana entrar. ¿Cuántos segundos pasaron mientras la puerta se abrió, ella caminó hasta el lavamanos, me habló, me encerró y me besó? ¿5, 10, 15? ¿Por qué no salí enseguida?

No sé cuántas veces llamé a D desde que se fue en ese taxi. Al final fue Azul quien me avisó en la madrugada que ya había hablado con ella, que D estaba bien, segura, sana y salva en su casa. Me rompió el corazón no saber eso por mis propios medios por primera vez en tres años. Y aunque de todas formas no dormí ni cinco minutos y tuve el peor ataque de ansiedad que había experimentado en mucho tiempo, saber que nada malo le había pasado (aparte de mí) me sirvió.

Que el suceso se hubiera presentado en la celebración de mi vida era algo que aumentaba la sensación de culpabilidad. Me pregunté si, en caso de que lográramos superar esto por completo, quedarían igual cicatrices y si cada 31 de octubre las recordaría. O ella o yo.

Quise irme hasta estar frente a su puerta y pedirle que me dejara entrar, como en aquella horrible pesadilla, pero inicialmente no quería imponerle mi presencia. Pero al ver que sin importar la cantidad de veces que la llamara, o le escribiera, no tenía señales de ella, me ganó el desespero. Imaginé que no me dejaría entrar, que fingiría no estar ahí, pero al menos quería que supiera que para mí era importante, que yo la estaba buscando. Quise encontrar un huequito, aunque fuera pequeño, por donde meterme, por donde tocarla.

El problema fue que, para mi sorpresa, al preguntar por ella en su edificio me encontré con algo que lo cambiaba todo.

El portero me entregó un sobre con una carta. Adentro, la letra de D, escrita con firmeza, decía:

Necesito estar sola unos días. Dame el espacio.

Todo era mucho peor de lo que ya pensaba que era.

¿Espacio?

Eso nunca había existido entre nosotras
y menos así.

Me puse fría y miré al portero extremadamente confundida
cuando me dijo:

—Solo me dijo que le entregara ese papel. Por órdenes de
la señorita, ya no tiene autorizado el acceso.

D

La rabia es interesante...

Todo parecía en cámara lenta. No tenía control ni filtro sobre los pensamientos que me invadían por completo. Nada podría haberme hecho renunciar a la idea de que yo estaba repitiendo el mismo deplorable patrón, solo que con otra persona; que estaba en mí el haber permitido que llegáramos hasta un irrespeto como ese. Sentía el palpitar de mi corazón en lugares del cuerpo en donde nunca lo había percibido antes. Tenía tensas las rodillas y las muñecas, me dolía la cabeza, respiraba rápido y apretaba la mandíbula con tanta fuerza que me asustó que fuera capaz de dañarme los dientes. Tenía rabia en todo el sentido de la palabra. Y mucha. Me ocupaba toda la mente, pero también el cuerpo. Sentía una adrenalina capaz de hacerme correr maratones, de levantar una casa con las manos, de hacer lo que sin ella podía parecer imposible. Aquella madrugada no paré de llorar. Sentía mucha tristeza, pero me dolía menos sentir enojo, así que empecé a distorsionar esa primera emoción lo que más pude para protegerme.

Supe enseguida lo único que no quería: verla.

Tuve un pequeño momento de lucidez en donde pensé que lo mínimo, y lo más responsable de mi parte, era hacerle saber a Azul, quien no me había dejado de llamar desde el incidente (igual que M, obvio), que había llegado bien, que ya estaba en mi casa. Azul contestó que con eso quedaba tranquila.

Lo siguiente que hice fue escribir una nota y bajarla a la portería. Le pedí al portero que no dejara entrar a M como antes, sin anunciarla y con libertad. Él me preguntó, mientras anotaba en un papel mis instrucciones para informarle al resto de guardias, que hasta qué fecha.

La rabia es interesante…

Le contesté que dejara esa instrucción fija hasta nuevo aviso. Subí de nuevo al apartamento para seguir llorando.

¿Qué es lo que está mal conmigo? Me pregunté.

Siempre hay algo mal en mí.

¿Esta vez qué?

Recordé lo impresionada que estaba M al conocer a Cayetana y me pregunté si su reacción había sido normal, si era habitual que alguien simplemente te agradara tanto. Me pregunté si Cayetana había tenido aquella intención desde el principio, si solo se hizo pasar por nuestra amiga para acercarse a M, si todo lo que alguna vez me dijo era solo parte de su plan.

Recordé lo del juego de las preguntas y volví a sentir que fue M quien empezó, sin darse cuenta, un juego que terminó con un beso en un baño.

Sí hice algo. Fui una idiota.

D

Mi papá tenía razón, lo de casarnos era una locura.

Recordar que todo esto estaba pasando justo cuando yo había tomado la decisión de «buscar» un para siempre con ella, pidiéndole que se casara conmigo, me terminó de derrumbar. Volví a entrar en el mismo trance que me hacía ajena a la sensatez. Me sentí pequeña. Me aferré a mis sábanas con fuerza. Lo único que estaba bien era estar sola.

No sé cuánto tiempo pasó, pero lo lloré completo. Me dispuse solo a sentir y, mientras tanto, a ver cómo mis lágrimas desaparecían en mis cobijas.

Por más absurdo que pueda parecer, pasé tres días estancada en el mismo bucle de pensamientos. No salí de mi apartamento. No contesté ningún intento de contacto de M. Me dolía el corazón, me dolía el cuerpo. Algo profundo en mí se había roto. Me preocupaba sentirme así, no poder salir de ese estado, no querer buscar una solución con M, no encontrar cómo volver a estar, no «poder» hacer nada distinto a llorar. Quería querer otras cosas: sanar ese dolor, pensar sin la emoción, responderle, escucharla, permitirle el acceso… pero simplemente no podía. Era consciente de que el ardor de mis emociones, aunque reflejaba cuánto me importaba M, era una proyección a gran escala de una herida vieja propia. El beso, M y mi relación eran solo algo en la superficie que estaba halando el gatillo de algo muy mío. Sabía, incluso, que mi psicóloga iba a decirme lo mismo cuando tuviéramos cita. ¿Cómo sanarlo? Fue lo que me empezó a obsesionar eso días porque sabía que M debía estar desesperada, esperando un mensaje o una llamada. Sin embargo, hasta que no desinfectara la herida no podría cicatrizarla.

…no quería estar sin ella.

…no quería perderla.

Pero otro porcentaje mío…

…no quería hablarle.

…no quería verla.

Me sentía descuidada por ella.

Ella vio lo insegura que me puso la situación, cómo me sentía y lo que me asustaba y, aun así, (siento que) no me cuidó. Aunque no hubieran sido sus acciones, sus no-acciones también aportaron a la cadena de eventos desafortunados. La suma de todo nos tenía acá. Me hubiera gustado mucho que el límite que debía marcar hubiera estado dentro de su lista de cosas importantes.

Enamorarse así duele por lo mismo.

Admito que siempre que hemos tenido bajos me han parecido incluso un precio justo por lo maravillosos que son los altos a su lado. La dualidad es la demostración de que hay vida, como siempre decía ella. Pero este bajo era más profundo, más desconocido.

D

Su manera de amarme… no hay algo así en el mundo.

El deseo que siento por ella, menos.
Que no la merezco a ella y que yo no merezco nada son
dos frases bien taladradas en el núcleo de mi niña interior
contra las que he luchado en distintas 3:34 a. m. a lo largo de
nuestra relación y de mi vida. Y, sin embargo, sentía como si
estuviera en otro lugar. Pero me encuentro en un momento en
el que ya no sé si alguna vez avancé, si siquiera me he movido
de ahí, si todo era una ilusión, si di dos pasos hacia adelante
para luego devolverme corriendo kilómetros.

Sus ojos, esa manera de mirarme.

Sus piernas, esa manera de enredarse con las mías.

Su respiración, esa manera de sincronizarse a mí.

Su palabra, esa manera de generar los mejores nudos de
historia existentes en un día a día cualquiera.

Yo no quería amar así por esto.

Porque me muero de miedo cuando algo pasa y ya no se
puede.

Porque yo te amo con todo. Y si me dejas con nada no sé
qué hacer con lo que queda adentro…

Hemos construido.

Hemos evolucionado.

Hemos soñado.

Hemos visualizado.

Hemos crecido.

Hemos hecho rebelión.

Hemos todo, M.

Y hoy, con esta inútil hoja de papel en mis manos, solo siento cada «hemos» como una palabra que habla más del pasado que de lo que sigue siendo…

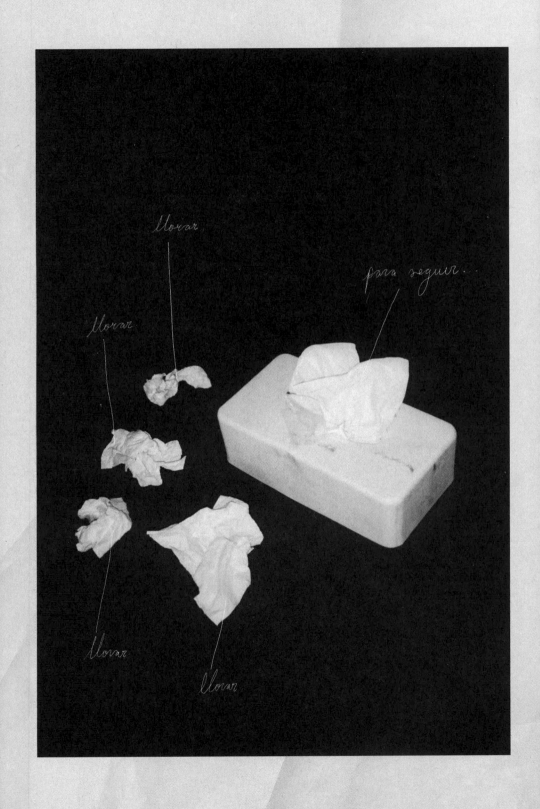

La justifiqué. Todo. Sus comentarios, su salir corriendo, su iro-
nía, su rabia, su escapada, su taxi, su evasión, su desaparición,
su no-respuesta, su desconexión, su petición de espacio, su pro-
hibición, su nota. Eso, en la primera noche y en la primera
mañana.

Pero las horas fueron pasando y me empecé a sentir injusta-
mente castigada. No sentía que las cosas fueran así tampoco,
sin dar espacio al otro lado de la moneda, sin darme el derecho
de darle mi versión y mi verdad. Que su versión de los hechos
fuera la única aceptada me comenzó a parecer una medida des-
medida. Me sentía profundamente triste. Cada hora que pasaba
se llenaba de llamadas y chats míos inútiles. Ni siquiera los leía.

D no era así.

Sabía que si su reacción era de ese nivel significaba que el
dolor también estaba por lo alto. Ella me amaba con todo su ser
y, a pesar de cómo decidió manejarlo, sabía que todo se debía,
en parte, a eso mismo.

Me costó, además, tener que seguir con mi vida durante esos
días en los que D quiso desvanecerse. Yo, a diferencia de ella,
no tenía manera de quedarme hibernando en mi apartamento.
Me molestó, incluso, recibir una noticia inesperada e importante justo en la mitad de la tormenta, con D desvanecida, porque
nada distinto a ella parecía importarme. Sin embargo, yo tenía

que terminar mi trabajo, ir a clases y seguir con el club de lectura tuviera el corazón como lo tuviera.

Esa diferencia también me molestó.

Entré corriendo a Mocca y lo atravesé torpemente hasta llegar al círculo en donde me esperaban ya todos. Me sentí ahogar cuando noté que Cayetana estaba sentada.

QUÉ LE PASA

Lo último que imaginé, en mi vida, fue verla allí. Me pareció una locura.

¿Cómo es capaz? ¿Por qué esta mujer sigue haciendo las cosas que menos se deberían hacer? ¿Cuándo va a parar?

Me imaginé diciéndole en voz alta.

Me miró en silencio mientras yo me sentaba y me disculpaba con el resto por llegar tarde. Ellos habían iniciado sin mí la discusión sobre *Mi año de descanso y relajación,* una novela que sin duda era una de mis preferidas, pero aun así me lamenté por tener que presentar ese libro justo el día que Cayetana decidió volver al club, pues su presencia entorpeció mi tranquilidad.

Yo hablaba y pretendía que ignoraba su mirada, pero mis palabras salían como de un gotero, interrumpidas por la insistencia con la que ella clavaba sus ojos en mí. Por dentro rogué para que aquello acabara pronto, para irme o para que se fuera ella, pero que dejara de mirarme así.

Y después, claro, tenía la certeza de que se quedaría hasta el final, hasta que cada uno de los asistentes al club de lectura se fueran. Ella lo miraría todo desde la última silla, analizaría mis movimientos, contaría mis respiraciones y creería que sabía lo que fuera que yo estuviera pensando y lo que suponía que su presencia haría en mí. Ella no se iría sin hablar conmigo. Más que suponer me parece que era una obviedad. Era su forma. El hacer todo lo que quisiera hacer.

Cuando ya todos se habían dispersado y yo estaba sola, recogiendo mis cosas a toda velocidad para huir, fingiendo que no la veía acercarse, llegó como un aguacero.

—Buen trabajo, como raro —me dijo.

—¿Qué haces acá? ¿Cómo eres capaz de venir? —le pregunté, enojada.

Se quedó callada.

Yo no quería hablar. No había sido yo quien invadió su espacio otra vez, así que ni me preocupé por el silencio.

—Sé que no tienes muchas ganas de hablar. No hace falta que te esfuerces.

—¿Q u é   h a c e s   a c á? —repetí, lento y notoriamente fastidiada.

—No vengo a causar líos. Solo quería decirte que te envié un mensaje que quisiera que leyeras.

Ella no apartaba la mirada y yo, ni por error, le dirigía la mía. Pude notar que ya éramos las últimas en el lugar y me incomodaba el pensamiento.

—Eso era todo. Está en tu correo.

—NO.

Por primera vez en tres días sentí energía por todo el cuerpo. Mi indignación me dio fuerza y continué.

—No. Así no funciona. Eso NO era todo, Cayetana. No se trata de un estúpido correo, se trata de mi vida. Te traté de entender y, peor aún, te traté de marcar, de manera respetuosa, un límite. Por eso te llevé a un lado en la fiesta, porque te iba a decir, de buena forma, que yo NO te veo de esa manera, que NO estuvo bien lo que me sugerías, que NO iba a aceptar indirectas de ese tipo. Quería que entendieras que si caías en cuenta de cómo le estabas faltando el respeto a tu novio, a la mía y a mí, y si tú querías repararlo, podías ser parte de nuestras vidas. Pero estabas tan borracha y descontrolada que no había manera de que yo me desgastara contigo en ese estado. No pasaron ni dos horas y tú estabas acorralándome, en contra de mi voluntad, en un baño. No te fueron suficientes mis no's, ni mi petición de detenerte, ni mi lenguaje corporal, ni mi posterior grito y empujada. ME BESASTE. ¡¿QUÉ TE PASA?!

Esas últimas cinco palabras me salieron en forma de grito ya que mi tono fue creciendo mientras hablaba. Casi no paro mi argumento. Pensé que no quería dirigirle ni una palabra y me di cuenta de que lo que quería era lanzárselas todas.

Por primera vez desde que la conozco vi a Cayetana retraída.

—Evidentemente estoy en una posición en donde no vas a creer nada de lo que digo y entiendo el porqué, pero sí tengo que decir que esa noche leí todo mal. La manera en la que me miraste cuando llegaste, cómo me halaste de la muñeca, cómo te fuiste al baño sola… Nunca hubiera hecho nada si pensara que no querías lo mismo.

—¿Perdón? Te grité en la cara que no quería.

—Estaba demasiado tomada, no recuerdo así las cosas.

—Dejemos de lado el hecho de que te lo gritara, pero ¿cuándo te he dado a entender que le sería infiel a mi novia? ¿Qué te hace pensar que yo soy ese tipo de persona? Me ofende peor lo que me acabas de decir. Yo, en cambio, como una idiota inocente, nunca pensé que tú fueras ese tipo de persona. Y ahora, que tengo claro que sí eres ese tipo de persona, te puedo decir algo fuerte y claro: no quiero tener nada que ver contigo.

Se movió como si le hubiera dado con un látigo en la cara. Se volteó, levantó su bolso de la silla, se acomodó el pelo detrás de las orejas y se fue.

Que su reacción fuera enojarse, después de todo, fue la gota que colmó el vaso.

Me quedé ahí quieta por un par de minutos para darle tiempo a mi corazón de desacelerarse y para crear un lapso prudente entre la salida de Cayetana y la mía. Cuando creí que ya había sido suficiente, salí de Mocca y afortunadamente no me la encontré más.

Vi la notificación de su *e-mail* sin título…

…y decidí no perder más mi tiempo con ella.

D

La tercera noche, cuando dieron las 11:54 p. m., por primera vez tomé mi teléfono para abrir el chat de M. Sentí culpa al percatarme de la cantidad de mensajes acumulados de su parte. No fue sino hasta entonces que fui consciente del tiempo que había pasado y del espacio que había creado. Me golpeó la realidad. En vez de leer todo lo que me había enviado, solo pude permanecer en el chat lo suficiente para enviarle el siguiente mensaje:

No he sabido qué escribirte. Si aún puedes, y quieres,
me gustaría que habláramos.

Apenas envié el mensaje sentí nervios. No sabía, en caso de que aceptara mi sugerencia de hablar, lo que iba a decirle ni lo que ella me diría a mí. Mi mensaje no era resultado de una gran conclusión a la hubiera llegado. Me preocupó por un momento esa verdad. ¿Debería haber escrito solo cuando supiera en qué lugar estaba parada?

Ok. ¿Cuándo?

Su respuesta llegó a los pocos minutos. Me asusté. M nunca ha sido así de monosilábica. Por primera vez asimilé que ella también estaba molesta.

11 a. m. ¿Mañana? ¿En mi casa?

Ok. Avísale al portero que me deje entrar…

Definitivamente estaba molesta.

No sé en qué momento la noche se volvió mañana porque no dormí. Y faltando minutos para la conversación todavía no sabía qué quería, qué necesitaba y, mucho menos, qué diría.

Supuse que lo sabría al verla.

11:00 a. m.: nada.

11:15 a. m.: tampoco.

11:20 a. m.: ningún rastro.

11:35 a. m.: ya me huele a desquite.

11:45 a. m.: llamaron a la puerta.

Yo conozco a M. Pocas veces en tres años ha llegado tarde a algo que se tratara de nosotras. En ese punto ya estaba fastidiada de que se estuviera desquitando de esa manera, pero saber que su presencia estaba en mi espacio me devolvió mi poder. Sabía y conocía mi posición. Estaba lista para hacerle saber las razones por las cuales no había querido hablar con ella y lista también para activar mis defensas si iba a querer discutir conmigo.

D

Me dirigí hacia la puerta. Pensé que la sensación de su energía cerca se combinaba con la mía. Supuse de inmediato que, como yo, tenía la armadura puesta. Ya sabía qué decir, ya veía con qué empezar, ya entendía cómo hacerle ver lo que me había hecho.

Abrí la puerta y la vi. Estaba usando el que es mi suéter favorito en ella, el gris clarito sin capota; tenía el pelo suelto, brillante y sedoso; su cara estaba sin una gota de maquillaje, como más me gusta verla, y llevaba sus jeans rotos en las rodillas y los tenis que siempre solemos turnarnos. Y ahí, sin que diera ni medio paso dentro de mi apartamento, en donde la lloré por tres días consecutivos, se me cayeron todas mis barreras. Lo único que supe con certeza es que no sabía nada.

Me sonrió de lado, con más tristeza que felicidad, pero me miró como siempre me ha mirado. Supe que había sentido el mismo efecto. Se le desactivaron las defensas.

Me desorganicé peor.

Intenté no hablar tanto ni mirar de más porque me angustiaba que mi cuerpo dijera algo antes de que incluso yo me diera cuenta.

Me di cuenta de que aún tenía la lámpara de la sala encendida, mi compañía durante toda la noche, y, después de apagarla, me senté en la esquina del sofá. Ella se hizo al otro costado. Había espacio entre las dos.

De repente ya no supe qué decir, ni cómo empezar, ni de qué manera hacerle ver lo que sentía.

—¿Leíste mis mensajes? —preguntó con cautela.

—No he sido capaz de ver nada.

la lámpara,

prendida :
conmigo.

apagada:
conmigo
(y con M).

pero M, ¿y si no es conmigo?

D

Silencio.

—En los mensajes te explicaba cómo pasaron las cosas ya que ese día no me diste el chance —habló suave pero firme—. No me diste chance de ir donde ti a contarte lo vulnerada e irrespetada que me había sentido toda la noche. No me diste chance de decirte que ya había intentado decirle a Cayetana que no invadiera mis límites, no me diste chance de ir a ti, mi refugio, mi persona, a desahogarme por lo asediada que me sentía por parte de mi supuesta amiga, no me diste chance de decirte que tenía muchísima ansiedad y angustia. No sé si te diste cuenta, pero yo fui al baño a buscarte a ti. Yo iba a buscarte para decirte que mi intento de hacer caer en cuenta a una borracha de su nivel de invasión no estaba teniendo éxito y a decirte que, por eso, mejor nos fuéramos. Me imagino que lo que viste fue a dos personas dándose un beso, pero si me hubieras dado el beneficio de la duda habrías sabido que eso no fue lo que pasó, que en realidad una persona había transgredido mi espacio personal, sin mi consentimiento, forzándose sobre mis labios. Que yo misma me sentí abusada. Que lo hizo incluso después de que le grité que no. Honestamente, esa primera noche entendí tu rabia. Se vio mal y lo comprendí, pero nunca pensé que no me darías el beneficio de la duda después. Me dolió. Tú me conoces y sabes que no soy esa persona. Jamás te he dado ninguna razón para desconfiar de mí, pero llevas tres días haciéndolo… ¿Qué pasó con los últimos tres años?

Por un momento me quedé muda. Me sentí estúpida. La descuidé. ¿Cómo no había pensado en eso durante estos tres días? ¿En que de pronto ella se estaba sintiendo de esa manera? ¿Cómo no la escuché? Me sentí egoísta. La desprotegí.

—Perdón por eso. No pensé en eso de esa forma. Me dio muy duro verlas así. Me sentí desprotegida, muy, y ahora entiendo que, a la vez, eso te desprotegió a ti.

—Ella me besó, D.

Me volteé a mirarla y aunque mi intención no era hablar duro, esta vez sí lo hice.

—Sentí que podías haberlo evitado.

Pareció molestarse ligeramente con lo que dije.

—De verdad entiendo tu punto, M, pero necesito que intentes ver el mío. Lo habíamos hablado mucho anteriormente. Yo te dije cómo me sentía y ella dejó claro lo que quería contigo. Hoy sí admito que me habría gustado que hubiera sido una prioridad para ti hablarlo antes, pues sabías que iba a ir a tu cumpleaños. Y entiendo que intentaste ahí hablar con ella en su sano juicio y que no se dio, pero lo que yo vi fue ese beso en el baño cuando fui a buscarte. No te he hablado desde entonces porque esa visual me rompió. No sé ni cuánto tiempo ha pasado desde que sucedió… aunque tienes toda la razón, te debí haber dado el beneficio de la duda, pero ¿puedes entender por qué me fui a la mierda?

Hubo un silencio ensordecedor mientras me miraba.

Exhaló.

—Tienes razón en que debí haberla parado desde antes de esa noche. Es cierto. Me arrepiento yo misma por no haber hablado con ella antes. Pero quiero que sepas que ya hoy tengo claro que una amistad con alguien que haría algo así no me interesa. Y sí tengo que admitir que estaba evitando verlo…

D

Lo recibí. Genuinamente. Y aun con eso ya recibido había algo que me faltaba. Algo todavía me comía por dentro.

—Entiendo… No quiero señalarte, solo necesito algo…

—¿Qué necesitas?

—Que tú misma te preguntes si de pronto ella no te gusta un poco…

Me dio pánico demostrar que me preocupaba esa idea y me dio vergüenza de mí misma mencionarlo en voz alta. Sin embargo, lo hice.

M me miró, comprensiva. Ella no parecía estar juzgando la pregunta ni a mí por haberla hecho. Me tomó por sorpresa. Es un gran miedo mío. Y que ella lo haya tratado como tal me hizo sentir tranquila de compartirlo. Se veía paciente, no fastidiada.

—Me duele mucho que esto te haya traído ese tipo de inseguridad porque la respuesta es: para nada. Me disculpo por los pasos que no di en el momento correcto, porque nunca he querido que sientas algo así. Nunca quise esto…

Por algún motivo sentí un pequeño alivio.

—¿Estás segura de la respuesta?

Necesitaba reafirmación y no me importaba que se me notara.

M me miró con amor.

—Completamente segura. No quiero tener nada que ver con ella. Es más, ya se lo dije, aunque fue un poco tarde.

Me tomó por sorpresa.

—¿Hablaste con ella?

—No sé si entre en la categoría hablar porque fue más como un discurso eterno de que no quiero tener nada que ver con ella.

Quise sonreír un poco en mi interior. Lamenté sentirlo, pero era la honestidad de lo que percibía.

Nos quedamos en silencio.

Yo bajé mis defensas de nuevo.

—No tengo ni la más mínima intención de hacer algo que te haga doler el corazón… —dijo M con suavidad.

Ella también estaba haciendo lo mismo.

M me estaba diciendo la verdad, lo sabía. Estiró la mano para ver si yo quería tomarla. Después de suspirar, la acepté.

M no tenía manera de imaginarse lo que sentí desde ese instante en el baño ni lo que seguía sintiendo incluso en ese momento con su mano, reposando dulce y torpemente sobre la mía. Y no lo decía únicamente por lo evidente. Estaba ese «algo más» que M no conocía. Antes de ese beso yo le iba a hacer la pregunta más importante de mi vida.

M me miraba como si fuera su única misión en la vida.

Con un amor tangible.

Yo la miraba de vuelta.

Permanecíamos calladas, heridas.

Le detallé todos los rasgos: su boca que tanto me gusta, el color indescriptible de sus ojos, la punta de su nariz, la esquina de sus cejas. Todo me lo sabía de memoria…

D

Y justo ahí, viendo al amor de mi vida, me sentí egoísta.

Por primera vez después de lo que ocurrió, con mi mano en la suya, pensé que todo pasaba por algo y que ahora podía ver con claridad que iba a pedirle que se casara conmigo. Y aunque principalmente era por amor, también era para intentar asegurarla al lado mío. Podía casarme con ella sin dudarlo, pero que hubiera un porcentaje de esa intención movida por el control, por evitar la incertidumbre, por intentar jaquear el futuro, no era justo ni con ella ni conmigo. M podía sentirse atraída por otras personas. M podría disfrutar al saber que otras personas se sentían atraídas por ella. Igual que yo, sinceramente. Ambas somos de carne y hueso. Pero la pregunta era: ¿sería yo capaz de vivir con esa realidad? Aclaro, me lo preguntaba no porque el concepto me costara, pues de hecho me parece lo más natural y honesto, sino por la posibilidad de que de pronto M ni se lo planteara por serme fiel, por ser todo lo que quiere ser para mí.

¿Y qué si M se enamoró de mí y sanó su miedo interior? Pero ¿y si también estaba privándola de conocer más personas… más besos?

¿Y qué si ser su cura no significaba necesariamente que fuera a estar siempre con ella?

¿Y qué si, como cualquier humano, se sentía atraída por alguien hasta el punto de que quisiera conocer más del otro?

¿Y qué si estaba siendo egoísta al querer ser su pareja por el resto de la vida sin pensar en que quizás ella quisiera o mereciera tener más experiencias de vida que yo ya tuve?

¿Y qué si llegué para marcarle su vida, pero no para acompañarla para siempre?

Empecé a hacerme preguntas mientras nos mirábamos, aún en silencio. M me consentía la mano y el roce de su piel me daba más nostalgia. Estaba ahí conmigo, pero por algún motivo ya la extrañaba.

Y no pensaba aquello porque creyera que M estaba haciéndose las mismas preguntas. Al contrario, sentía que M, por lo menos en ese momento, se imaginaba la vida a mi lado. Pero yo, que sabía que M descubrió todo su potencial para amar después de quitarse y derrumbar tantas inseguridades, me sentía con culpa de quererla para mí.

M estaba dispuesta a todo, a entregarme el cielo si yo se lo pedía y sin esperar nada a cambio. M, que antes desconocía su nivel de estabilidad emocional dentro de una relación, tenía un compromiso de ensueño. M, sin tener experiencias pasadas, era experta en complicidad y detalles. M era todo lo que yo podría desear en mi vida. Y aunque con sus palabras, amor y acciones me demostraba sentir lo mismo que yo, empecé a dudar de mí.

¿Y qué tal…

si no soy suficiente,

D

si no soy la totalidad de lo que ella necesita conocer,

si no se lo puedo dar todo,

si no soy tan especial,

si no soy tan detallista,

si no soy tan misteriosa,

si no soy tan interesante,

si no soy tan inteligente,

si no soy tan graciosa,

si no soy tan espontánea,

si no soy tan arriesgada,

si no soy tan emocionante,

si no soy la única,

si no soy yo?

Me habría dolido menos si hubiera seguido siendo yo el problema.

Lo pude notar en su tacto. Así éramos nosotras. Lo que su boca no me expresaba, su energía, su piel y su forma de tocarme sí. Por lo menos durante esos minutos no sentí en ella celos, desconfianza, reproches o decepción, pero lo que sí sentí fue su autoestima atropellada. D no estaba sintiendo inseguridad de mí, sino de ella misma.

¿Cómo se reparaba eso?

Quería ir a comprar todos los libros, ir a esculcar todas las librerías e interrogar a los sabios.

Vinieron días difíciles y lo fui comprobando por mi cuenta porque ella no me lo dijo. Habría preferido que D se hubiera demorado en perdonarme, tal y como la recibí en ese encuentro después de su escapada: que me hubiera expresado sus dudas, sus miedos y su molestia hasta que, juntas, hubiéramos logrado salir de ese lugar oscuro, hablándolo y trabajándolo, nos tomara el tiempo que nos tomara… pero no. En vez de eso, D decidió, casi al instante de la conversación, librar al mundo externo de culpas y llevarse ella sola el peso equívoco de lo que había pasado. No entendía por qué, pero D entró ese día siendo una y salió siendo otra.

Sentí culpa por eso también.

Para mí también fue difícil sanar lo que me hizo sin querer y la ley del hielo que usó conmigo durante esos días del conflicto. Me generó un nuevo temor. Ya dudaba de mí, de mis acciones y de lo que decía con más facilidad. No quería cometer errores, no quería alejarla, no quería que me empujara. Eso me hizo tener filtros con ella y no me gustaba la sensación. Algo me decía que estaba haciendo cosas contraproducentes, pero, por más que intentara lo contrario, yo seguía actuando desde ahí, desde el miedo de perderla. En momentos no dije, en momentos me medí, en momentos evité.

Por todo eso, retomar nuestro ritmo cotidiano de la relación fue complejo. Porque D, de la que tanto estaba enamorada, no quería ser D. Y aunque yo la amaba con ella misma amándose o no, no sabía cómo rescatarla. La encontraba mirándose al espejo, cambiándose de ropa cuatro o cinco veces antes de decidirse a salir, dudando de su talento, sin gustarle nada de lo que diseñaba, arrugando hojas de papel porque sus ideas le parecían sin sentido y haciendo comentarios que la empequeñecían. Y también porque esa versión mía que estaba midiéndose con ella, guardándose y asustándose me hacía tampoco querer ser yo.

Sentía que ella estaba pagando por platos rotos ajenos.

Y yo, acostumbrada a la posición de salvadora, de mecánica, de buscadora de respuestas, me encontraba impotente frente a un problema que no sabía cómo resolver.

Después de la noche de mi cumpleaños no volví a responderle a ninguno de nuestros amigos durante un par de semanas. Ni Andrés, ni Manuel, ni Ferreira tenían la más mínima responsabilidad de lo que había pasado, pero yo no sentía ganas de nada distinto que reparar lo que D y yo estábamos sintiendo.

A Cayetana la había bloqueado energéticamente y si por algún motivo se colaba en algún pensamiento, la reacción era precisa: la sentía instantáneamente como una espina en un dedo, así que rebotaba y se devolvía al cajón mental de lo que yo no quería ver. Si acaso me nacía hablar con alguien que no fueran D o mi hermana, que supo absolutamente todo desde que llegué lloran-do al apartamento la noche de mi cumpleaños y que me contu-vo de manera impresionante durante la desconexión total de D, era con Azul, que parecía entender muy bien cómo me sentía yo y cómo se sentía D a su vez. Entonces no me sentía mal por desahogarme. No había un juicio, ni bueno ni malo, y tampoco había lados. Ante mi desesperación, Azul me repetía:

—Solo asegúrense de que hay comunicación entre ustedes. Cuiden ese espacio seguro que siempre han tenido.

Sonaba más fácil de lo que estaba siendo y me sentía impo-tente. Sin embargo, quería aplicar su consejo. Estaba decidida a retomar, ese mismo día, nuestra transparencia característica.

Una noche llegué al apartamento de D y, en vez de esperarme en la entrada, me había dejado la puerta abierta. El detalle no me gustó para nada, no porque me pareciera descortés, sino porque significaba que algo no estaba bien. Entré casi corriendo, cerré la puerta y la empecé a buscar con desespero. Vi la figura de D recostada en su cama y balbuceé muchas cosas en muy poco tiempo, pero el resumen ejecutivo era que si se sentía bien y que podía llevarla al médico en caso de que no. Me hizo saber que ese día no había tenido muchas ganas de nada y que se había autorrecetado una de sus incapacidades emocionales que siempre me han parecido tan brillantes. Me senté en la cama a verla.

—¿Qué pasa?

La estaba consintiendo con delicadeza por encima de las cobijas que la cubrían.

—Un mal día —dijo.

Si es un mal día, no es el día para aplicar
el consejo de Azul.

Pensé.

—Tú y yo sabemos que no estás así porque hoy haya sido un mal día, sino que estás mal desde EL día, más bien.

D tragó saliva, pero no dijo nada más. Solo bajó la mirada y la tristeza la inundó.

—¿Qué es lo que cambió para ti? Puedes decirme cualquier cosa, D.

D no subía la mirada y, sin embargo, yo podía ver cómo su mente estaba arrojándole un sinfín de preguntas que ella prefería no pronunciar.

—¿Por qué no estás insegura de mí, sino de ti?

Me incliné para poder tomar su rostro con mis dos manos.

—No tienes que hablarlo si no quieres, pero sí quería que supieras que yo sé… y que, si hablar es difícil, siempre tienes la opción de escuchar.

D me miró como pidiéndome, inconscientemente, que siguiera.

—Mujer… Solo tú puedes ser tú y eso de por sí es el privilegio más grande que conozco. ¿Por qué vas a decidir no creer que eres maravillosa, brillante y determinada por una estupidez que hizo otra persona? ¿O incluso por lo que pude haber hecho, por lo que no hice, por lo que no pasó? Tú vales más de lo que entiendes y no dejas de valer solo porque un día decides no creer que sí lo haces. No hay otra mujer como tú…

La conmovía lo que le decía y empezó a llorar. Reconocí esa sensación de vulnerabilidad, de desnudez emocional, de sentirse visto, de que dieron con el conflicto en el que llevabas pensando días y días, de que es momento de hacer la tarea sentimental…

—Últimamente no veo en mí ninguna de las palabras que usaste para describirme.

—¿Por Cayetana?

—No. Porque… ¿cómo sé que lo que sea que soy sí es suficiente? ¿O que vas a seguir viendo esas cualidades en mí? ¿Cómo se asegura algo así?

La solté por un par de segundos porque quería alcanzar algo que tenía en mi morral.

Antes de parar en casa de D hice unas compras rápidas en la papelería para un trabajo de la universidad, pero en la caja me quedé mirando unos *stickers* de todas las letras del abecedario. Los tomé por curiosidad porque justo tenían mi fuente tipográfica favorita:

Baskerville.

La cajera me preguntó si iba a llevar el paquete de *stickers* y, porque me sentí en el *mood,* se lo pasé, sonriendo y sin pensarlo. Definitivamente no los necesitaba y era un gasto inexplicable, pero salí contenta, como si tuvieran un propósito importante.

Saqué mi paquete de *stickers* de letras escritas en la fuente *Baskerville* y D me miró, desorientada.

Ese era el propósito importante.

—¿Te quitarías la camiseta?

D sabía, porque me conoce mejor que nadie, que yo tenía un plan y que, aunque la pregunta sonara como otra, era un elemento para despistarla. Se quitó la camiseta y me miró con atención. Aún caían lágrimas de sus ojos aunque no había ningún sonido que las acompañara.

Sin hablar, destapé mi paquete de *stickers* y empecé a despegar cada letra que iba necesitando para pegarla sobre el lienzo más solemne que he visto.

Escribí palabras sobre su piel. Me demoré mucho más de lo que estimé, pero a D no pareció importarle. Ella permanecía en silencio, observando con cautela el movimiento de mi mano para intentar adivinar qué letra seguía, qué palabra iba a formar y en qué lugar iba a pegarla. Ella todavía lloraba mientras yo la llenaba de manera esporádica de palabras que la describían a la perfección.

—Te presento mi debut como tatuadora.

Aunque D seguía profundamente triste, logré sacarle una sonrisa. Se miró el cuerpo por primera vez desde que empecé con mi sesión. Su abdomen, brazos y pecho tenían varios tatuajes (extremadamente temporales, de mala calidad y de dudosa estética) hechos de letras adhesivas en vez de tinta.

¿Qué se escribe en tu piel
cuando tu piel es el poema?

—Te las puedo leer, recitar o tatuar con tinta de verdad si quieres, pero, mientras tanto, que no las quieras ver no significa que no estén.

Me miró como hace un tiempo no me miraba.

Se recostó en los hombros y, cuando ya estuvo sentada igual que yo, me tomó con ambas manos y me besó.

Ella me amaba. Lo supe por cómo me habló con ese beso.

Y yo la amaba a ella, así que se lo hice saber por cómo le respondí con el mío.

Lamentablemente yo sentía culpa. Mucha. Y esa no se iba.

Aquella noche D dijo que iba a compartirme los pensamientos oscuros, los sentimientos grises, y que enfocaría su terapia en reparar la herida base: su valor propio. Sentí un fuerte alivio al escucharla decir eso porque, de todo lo que había pasado hasta ese momento, lo peor había sido ver a D dejarme por fuera de sus problemas e incluso, por un momento, de su vida. Sin embargo, yo de alguna forma estaba haciendo lo mismo.

Así pasaron las semanas y en mi mente las prioridades estaban claras:

Ella y su bienestar emocional.

La salud de mi relación con D.

Y, por "w": mi trabajo final.

Cuando creí tener la lista completa, mi subconsciente le agregó la misma cosa que había metido en un cofre con candado desde hacía un buen tiempo y que seguía sin dejarme dormir. Pero mi miedo la sacaba, prefiriendo estresarme otro día con el tema y lo que conllevaba.

Una noche hablaba con mis padres en casa y en medio de la cena surgió la pregunta. El tema: el matrimonio.

Tragué saliva, dejé los cubiertos en el plato y los miré. No sabían nada. Les dije que había decidido cancelarlo todo. Mis papás al principio no dijeron nada, pero luego de un momento empezaron a hacerme preguntas, que les contesté con que lo había pensado mejor y que me parecía que me había acelerado. Ellos insistieron y yo quise cerrar el tema.

—Estoy segura. No le voy a pedir que se case conmigo.

Decirlo de esa forma me rompió el corazón. Quería decir lo opuesto, pero las cosas eran como eran. No pude más que hacerle duelo a una vida que, sin ni siquiera haberla vivido, había sentido mía. Me sentía ridícula por eso, pero me avergonzaba más, me dolía y me hacía sentir mal conmigo misma el ahora tener tan claros los motivos completos por los cuales tanto quise que nos casáramos rápido.

Desde que pasó lo que pasó me costaba reconocerme dentro del océano de pesimismo del que, sin importar cuánto nadara, simplemente no podía salir. Ya ni yo me creía el «para siempre». El concepto de «destino» me parecía el engaño de mi vida. Estaba peleada con lo que antes formaba la base de mi manera de ver la vida, de vivir el mundo. Sentía constantemente un mal

D

presentimiento, algo como haber espiado sin querer la caducidad de las cosas, el vencimiento de lo bueno.

No disfrutaba comerme el cereal con leche, sino que me angustiaba con los números que estaban después del *best before* que tienen marcados la caja de los dos productos.

Eso era lo grave. No posponer el momento de vocalizar mi pregunta, sino la ruptura mental de esa posibilidad. La desaparición de las letras. El duelo anticipado.

La versión más lejana de lo que yo soy, siendo mi única versión existente en el momento.

CADUCIDAD.

Con tantas responsabilidades acumuladas hubo un momento de mi carrera en donde había perdido un poco el flujo creativo a la hora de escribir. Los trabajos los cumplía, pero cuando se trataba de algo propio se me dificultaba. El cerebro estaba cansado. La creatividad pagaba el precio. Sin embargo, como consecuencia de lo que pasó con Cayetana y de lo que, en consecuencia, pasó con D, estaba escribiendo como hace mucho no lo hacía: como si se tratara de respirar. Fácil. Automático. Sin esfuerzo.

Y, sí, dado que mi creatividad renació gracias a un momento difícil, y en específico por *ese momento difícil*, me sentía mal por amar esa versión de mí que se había reconectado con la escritura. Y no con cualquiera, sino con la libre, con la que salía de mi alma.

El arte ama las circunstancias difíciles e inesperadas. Esa teoría propia me intimida. ¿Qué tal que elegir la vida de artista sea entonces haber elegido inconscientemente esas emociones que no son ricas de sentir pero que crean piezas deliciosas en cuanto a profundidad y sentido? Me sacaba de mis estados de locura recordando las piezas que se han escrito sobre el amor, el éxtasis, la plenitud, la bondad, la paz, la generosidad, la esperanza, el sexo, la empatía, el bien, el placer, el gozo, la alegría, el frenesí y la utopía. Se moría el pesimismo y eso me tranquilizaba.

El arte ama las circunstancias. Punto. Porque la vida está llena de todo y porque el arte está vivo. La madrugada llegaba y yo me encontraba dentro suyo, en mi escritorio, con mi lamparita encendida, escuchando música suave y vaciando mis emociones en el papel.

La ráfaga emocional en la que me vi sumergida con D me recordó la razón por la cual empecé a escribir. Ya no estaba pensando 24/7 en cómo iba a publicar un libro que ni siquiera existía aún en el plano terrenal más allá de un manuscrito siempre incompleto. Ya no estaba haciendo lo que hacía por lo que iba a pasar en el futuro o no. Ya no me importaba si alguien me leía o no. Solo quería escribir. Si era maravilloso, si era mediocre, si era aceptable según mis estándares de calidad, si era poco, si era demasiado, si era exigente, si era técnicamente correcto, si era banal, si era ligero: me resbalaba como mantequilla.

Volví a hacerlo solo porque me apasionaba, por el gusto de hacerlo, y eso me hizo retomar mi poder.

Estaba agotada de buscar el control hasta en la combinación de letras que escribía con tinta en un papel o en las que presionaba en mi teclado. Quería dejarlas ser. Digitales o análogas. En mayúscula o minúscula. En *Baskerville* o en jeroglíficos.

D

—Si hoy, 3 de diciembre, te preguntara cómo te sientes si piensas en tu decisión de no pedirle matrimonio a tu pareja, entendiendo que no hay nada correcto o incorrecto, ¿qué me responderías?

Eso me preguntó mi psicóloga después de varias semanas de terapia.

—La decisión se siente como la que menos he querido tomar en mi vida, pero se siente también como la que debía tomar. Ni bien ni mal. Doble. Horrible, pero coherente.

—¿Cómo te sientes tú? No la decisión.

Silencio.

Si bien cada día que pasaba me sentía más cercana a M y más enamorada de ella, mi decisión de que ella, sin saberlo, fuera quien moderara la velocidad a la que íbamos como pareja me parecía sensata. Por ahora, no confiaba en mi criterio.

Yo sé que la experiencia en el amor no necesariamente tiene que pensarse como una acumulación de encuentros con múltiples personas. Un encuentro lo suficientemente cargado de sentido puede ser lo suficientemente significativo para una persona, pero también sé que puede existir la posibilidad de que no lo sea. Y puede incluso que sí, pero que la vida quiera cosas distintas para uno… y uno cosas distintas para su vida, y cerrar ciclos por más espectaculares que hayan sido.

inseguridad:

fin.

D

Aun así, quería darle el tiempo a M de decidir, de vivir, de preguntarse, de fluir.

El matrimonio no era precisamente lo más acorde a eso. M se había sentido deseada por un tercero y eso le generaba una adrenalina especial. Es humano o, incluso, animal. Es instinto. Yo la deseo todo el tiempo y ella lo sabe, pero cuando llega una persona nueva y de manera inesperada te revela algo así, se produce una revolución interna. Más cuando eres M y en tu vida solo una persona te ha hecho saber que te desea. Si bien creo que somos la una para la otra, consideraba normal que en algún momento ella pudiera sentir atracción por alguien distinto a mí. Lo que realmente buscaba con mi posición era cederle, aunque no lo supiera, la batuta a ella.

Una tarde, después de un día que se sintió eterno, caminaba con los audífonos puestos hacia mi apartamento. Había pasado toda la mañana en una asesoría sobre emprendimiento y ya había tenido un par de reuniones con unos posibles proveedores de telas para Bodies & Stories. Escuchaba a Kygo y me imaginaba, como antes, que era el personaje principal de una película romántica, solo que esta vez con tintes dramáticos. Estaba en la escena en donde la protagonista se arrepiente de pedirle matrimonio al amor de su vida, piensa en el anillo, en toda la parafernalia, en toda esa aparatosidad del momento en el que iba a hacerlo y ve cómo su sueño más grande se le va de las manos. Entonces empieza a tensarse, de manera casi violenta, debido a la aceleración de los hechos. Y luego la película nos muestra, por medio de un plano cenital, que ya llegando al lugar del destino hay una mujer de pelo negro que se acerca caminando justo por la misma acera.

Pasé velozmente de ser el personaje principal a una espectadora de la película. Quedé atónita al descubrir que la mujer no era un extra, sino…

Cayetana.

Y que no era una escena de una película, era mi vida real.

Era imposible ignorar que la tenía a pocos metros y, aunque me costó muchísimo, levanté la mirada.

Yo no huyo.

Yo doy la cara.

La vi mover los labios, pero la música sonaba aún fuerte contra mis tímpanos. Me quité el audífono izquierdo y la música continuó acompañándome en el costado derecho. Nunca la detuve. Cayetana volvió a hablar al darse cuenta de que no la había escuchado la primera vez.

—Entiendo si no me quieres ver.

—¿Esto es coincidencia o…? —pregunté.

—No… No sé si es peor que no sea coincidencia. Perdóname en caso de que sea molesto para ti.

Estábamos afuera de mi portería sin decirnos nada. Efectivamente era peor que no fuera coincidencia, pero me pareció burdo e innecesario decirlo. ¿Qué sí podía decirle? No se me ocurría ninguna palabra que pudiera utilizar en ese momento.

—Me imaginé con antelación que no ibas a querer hablar conmigo —dijo, medio fastidiada, pero intentando ocultarlo mientras sacaba un papel de su cartera.

—Hablar no, escuchar, con mucho gusto.

Fue obvio que no esperaba que le diera la opción de hablar conmigo y que, en definitiva, no era su alternativa favorita.

Cayetana no sabía si guardar el papel o si entregármelo. *Seguro el papel tenía escrito lo que ahora iba a tener que decirme.* Pensé. Estaba nerviosa y yo me sentía mal de que estuviéramos en una situación así. Finalmente se decidió y me lo entregó. Lo dejé entre mis manos, esperando escucharla y leer la nota cuando ya estuviera en privado. Me quedé en silencio.

—La embarré. No creo que haya nada que pueda excusar las acciones que tomé, pero con transparencia puedo compartirte lo que se me pasaba por la cabeza.

Yo permanecía en silencio, mirando la calle que estaba llena de movimiento.

—Creo que por más enamorada que esté de Ferre, ella me despertó algo que no había querido admitir.

Me sorprendió su candor.

—Nuestra amistad siempre fue auténtica, te lo puedo jurar. No me acerqué a ella con ningún interés distinto al de darle compañía a alguien que sentía que le tenía miedo al resto. Pero algo pasó en los últimos meses y yo solo me sentí diferente a su lado… y traté con todas mis fuerzas de convencerme de que me estaba sugestionando.

Tragó saliva.

No le creía ni media palabra.

—Me gustó ella —dijo y miró hacia el cielo.

Eso sí se lo creí, aunque lo que no podía creer era que me estuviera diciendo eso ahora.

Se me aceleró el corazón de esa característica manera en la que se acelera cuando uno tiene que aparentar estar de lo más tranquilo en la vida. De esa forma en la que uno siente que, contrario a lo esperado, la persona a la que deberías engañar puede percibirlo todo porque los latidos empiezan a rebotar en el suelo de tal forma que generan una vibración imposible de ignorar.

—Creo que cuando me di cuenta ya era tarde. Me sentía pesada, culpable, falsa y confundida. No podía más con ese peso en mis hombros y se lo dije porque pensé que eso lo aligeraría, pero solo lo fortaleció. —Volvió a mirarme—. Y el alcohol solo sirvió para que hiciera algo al respecto. Algo terriblemente incorrecto. No pensé en nada, amiga.

Frenó cuando dijo «amiga» y desvié la mirada al darme cuenta de que no hablaba más porque ya no sabía cómo referirse a mí.

—No pensé. La vi ahí, hablé, me moví y actué por inercia. —Seguía sin creerle—. Me quedó grande la situación de sentir doble…

Entendí que era el final de su discurso. Intenté absorber al menos una parte de lo que estaba pasando y respiré hondo.

—Okey.

Cayetana se quedó quieta cuando hablé.

Me hiciste mucho daño… y no porque no confíe en M o porque tenga celos de ti, sino porque me está costando mucho no dudar de mí. Esa inseguridad era algo que yo había ido mitigando con mucho esfuerzo y volver a encontrármela de frente me ha asustado mucho.

Así sonó en mi mente.

Solo ahí… porque no lo dije. No quise.

D

Ella no se lo merecía o, incluso peor, yo no me merecía el rol de vulnerable ante ella.

Lo único que salió de mi boca fue:

—Me hiciste mucho daño.

Suficiente.

—Perdón.

Por supuesto, también lastimaste de gravedad mi confianza en los demás... Yo te consideraba mi amiga. Y si mi amiga hace ese tipo de cosas, ya no sé qué es qué.

Tampoco salió nunca de mí, no quería darle más poder.

Me miraba, concentrada, y yo seguía sin decir nada más.

Ojalá te hubieras puesto la camiseta de la valentía con la que decidiste venir hoy aquí y nos hubieras dicho en voz alta lo que pasaba. Seguramente el escenario hubiera sido muy distinto.

En mi mente estaba teniendo una conversación con Cayetana muy distinta a la que estaba ocurriendo en la vida real. Si había dicho «okey» y «me hiciste mucho daño» había sido mucho. Me gustó haber tenido las dos como las había tenido. Una para mí, una para ella.

Cayetana cerró los ojos y dejó caer la cabeza un poco hacia atrás.

—No pretendo que me vuelvas a querer, ni que me disculpes, ni que las cosas vuelvan a ser como antes. Perdí el derecho de pretender todo eso, así lo sueñe. Solo quería dar la cara y decirte, con todo mi corazón, cuánto lo siento. Intenté disculparme con M también, pero como que no se lo tomó muy bien.

Esa última frase la dijo con un fastidio evidente. Sin filtro.

—Gracias por haberlo hecho —dije, y me fui.

Sentí que su mirada me seguía y yo solo caminé hacia mi portería.

No veía venir esa escena.

Ni porque hubiera dirigido la película.

Estaba agitada.

Parcialmente era porque quería asustarla… y cuando voy a asustar a alguien, me asusto yo.

Parcialmente era porque quería sorprenderla… y cuando voy a sorprender a alguien, me siento como exponiendo a la persona en cuestión porque, en caso de que mi sorpresa no sea de su agrado, va a tener que reaccionar frente a mí. Y así también me siento expuesta yo.

Pero principalmente porque cocinar no es lo mío y sentí que me moría 18 veces intentando hacer una comida supuestamente no exigente y que parecía fácil antes de empezar.

Sonó el citófono y sentí satisfacción al saber que, mínimo, había organizado todo dentro del tiempo perfecto.

—Ya va subiendo —me avisó el portero del edificio.

—Mil gracias por ser mi cómplice —le dije y colgué para alcanzar a esconderme.

Me paré detrás del mesón de la cocina para que, cuando D entrara, lo primero que viera fuera la cena todavía caliente en el comedor.

D abrió la puerta. Escuché unos siete pasos hasta que todo se quedó en silencio.

—¿M?

Salté desde detrás del mesón y casi la infarto. Ella saltó también y me reí.

Se puso la mano en el pecho y caminó rápidamente hacia mí con una sonrisa enorme.

—Tonta… ¿Pediste domicilio?

—Me ofendes… Lo preparé yo sola.

Se rio y corrió a la mesa a revisar lo que había cocinado, por primera vez, sin su ayuda. Me miraba con sospecha.

—De entrada, tenemos un pan *baguette* con tomates al horno, queso *mozzarella* fundido y orégano. De plato fuerte contamos con un *paillard* de pollo y una guarnición de pasta al burro. Y, para finalizar, no hay postre porque mi capacidad ya estaba al borde del colapso.

Se rio.

—¿A qué se debe esto?

—A que te amo y que me amas.

Sonreí grande al decirlo.

D me abrazó por detrás y habló en un volumen tan bajo que casi no logro comprenderle.

—Hoy fue un día pesado, necesitaba algo así —me dijo.

—¿Qué pasó?

Me volteé para verla de frente y la tomé de la cintura con las manos.

—Nada malo. Mucho trabajo, terapia y… Cayetana estaba abajo —confesó.

No entendí si era que ya estábamos en un punto en donde el tema podía usarse como chiste, pero por su mirada entendí que no. Sí era literal.

—¿Abajo? ¿Aquí abajo? —le pregunté, señalando hacia el primer piso.

D asintió.

—Se disculpó… normal, pero lo que sí me sorprendió mucho fue cuando, con mucho candor, me admitió que todo nació porque realmente le gustaste.

Yo también estaba sorprendida.

El nivel de descaro.

—¿Cómo te sientes?

—No sé, pero me dio esta carta. Creo que pensó que iba a oponerme a escucharla y que solo iba a poder desahogarse por ahí.

—¿La quieres leer?

—No. No sé por qué, pero esta vez no me interesa. Creo que me dijo todo lo que tenía que decirme y eso fue suficiente para entenderla y poder sacarla de mi mente.

—¿La entiendes?

Pasó de parecerme una locura…

—Entiendo que es una persona pensante y que pudo haber hecho las cosas diferentes, pero decidió no hacerlo. Puso su egoísmo por encima de los demás. Lo entiendo ahora, aunque en este momento simplemente no me interesa tenerla como amiga.

—De acuerdo.

A parecerme lo más elemental.

Se guardó el papel en el bolsillo y me dijo que nos concentráramos en nosotras. Me tomó de las manos y me agradeció la sorpresa. Nos sentamos.

—Se ve bastante *amateur*, hay que admitirlo —hablé mientras le servía en su plato un poco de cada cosa.

—Pero sabe delicioso —me aseguró después de probar un bocado.

Cuando terminamos de comer, D sopló las tres velas que nos estaban dando la única iluminación esa noche. Nunca he sido fan de encender la luz principal de las casas, pues prefiero la iluminación esporádica que da una lámpara cálida en el piso o una vela artesanal en la mesa. Algo mágico me pasa por dentro cuando veo un espacio en donde lo que se ilumina no es su totalidad.

Quedamos en la penumbra y D se rio con nerviosismo. Sentí una mano que torpemente se estrellaba contra la mía. Sentí que D se levantaba de su silla, así que la seguí, aún sosteniendo su mano. Ella se acercó a mí, usando mi brazo como hilo conductor. *Unmiss You* de Clara Mae empezó a sonar y pude notar la respiración de D en mis labios.

—A veces me asusta amarte tanto —me dijo.

1. Me siento identificada con la oración.

—¿Por qué sentirías susto?

2. Pero me atemoriza que tus razones sean distintas a las mías.

—Porque es demasiado. No sé qué hacer con tanto y cada día es más —me dijo a centímetros de mi boca.

Me devuelvo directo al 1.

Esa frase, así, exacta, multiplícamela por dos.

—No tiene que asustarte cuando yo siento lo mismo.

D llevó su mano y la mía hasta mi espalda baja. Nuestros cuerpos estaban unidos y ella empezó a delinear mi nariz con el borde de la suya.

D sabía cómo convertir un momento tranquilo en uno estúpidamente perfecto.

Entonces decidí caminar, con ella abrazada a mí, hacia adelante. Tanteaba el aire para no chocarnos con nada. Ella me siguió el paso y caminó en reversa hacia donde yo la llevaba. Cuando sus piernas tropezaron contra el sofá me detuve y solo entonces D me quitó la mano de la espalda.

El aire era más difícil de respirar… aunque me gustaba ese inconveniente.

El *blackout* estaba cerrado, no había iluminación alguna. En la oscuridad absoluta cualquier movimiento minúsculo se sentía como uno abrupto y el tacto era el sentido protagonista de todo. D se sentó en el sofá y me tomó de los muslos con las manos. Deslizó una por el interior de una de mis piernas y luego me movió hasta que quedé con esa pierna en medio de las suyas. Con mi mano la empujé con suavidad para que recostara su espalda en el sofá. Elevé la pierna que tenía libre y quedé sentada sobre ella.

Las manos de D subían entre mis piernas, pero yo la quería hacer esperar. A través de los parpados sentí la luz brillante de alguno de nuestros teléfonos.

¿De verdad?
¿En este momento?
Una nueva razón para que resentir la tecnología.
Pensé.

Quise fijarme para ver qué era, quién escribía, cuál era la interrupción, pero lo que vi fue que era D iluminándose el vientre con la linterna de su teléfono mientras, al mismo tiempo, aunque muy despacio, ella misma se levantaba la blusa que traía puesta. No pude pensar en otra cosa y ni siquiera pude decidir hacer algo. Toda mi atención estaba en esa tela negra que subía y que dejaba al descubierto su piel. Alcancé a ver el borde inferior de sus senos cuando D apagó la linterna.

Volvimos a quedar a ciegas.
Mi corazón estaba acelerado.

Esa mujer fue creada para encontrar recursivamente cómo enloquecerme.

No hubo necesidad de hablar.

Ni de ver.

Me humedecí los labios y luego los llevé hasta su abdomen. Sentí cómo D apretó ambas piernas. La besé despacio e hice que la punta de mi lengua recorriera, con delicadeza, todo desde ese lugar hasta el centro de su pecho. Cuando llegué ahí me devolví y empecé a bajar de la misma manera en la que había subido. Se estremeció. La linterna se encendió de nuevo. Levanté la mirada para ver qué seguía. La luz de la linterna alumbraba al techo, pero bajó despacio para llegar a mí. Se detuvo en mi abdomen y entendí.

Cut My Lip de Twenty One Pilots sonaba y le agradecí al universo por tener tan buen gusto musical para decorar mi momento.

No poder verla fue, por primera vez, algo que me agradó.

Con el dedo índice se levantó la camisa hasta revelarme su abdomen y pasó su mano por encima, antojándome. Era todo lo que ella quería que viera. Soltó la tela cuando el borde de su brasier se asomó. Apagué la linterna y respiró con fuerza. Yo quería jugar diferente. Acerqué mis labios a su abdomen, pero no para besarla, sino que la tomé con fuerza mientras, con la boca, le quitaba la camiseta.

—Qué susto tú —susurró.

M tomó su t-shirt con su mano cuando ya estaba toda en su cuello para quitársela de una vez por todas. Y apenas la lanzó lejos, me besó. Me quería hundir en ese beso para siempre. La linterna se encendió y, antes de seguir, me quitó la mía. Cuando ya estábamos en igualdad de condiciones, dirigí la linterna al cierre de mi pantalón.

Mi respiración estaba descontrolada.

Veía el pecho de M subir y bajar cada vez más rápido.

La de ella también.

M estiró los dedos hasta mí y los sentí acercarse a mi rostro, pasar por mis labios, amenazar con entrar a mi boca. Luego bajó por mi cuello, llegó a mi pecho y tomó entre sus manos lo que quiso, que coincidió con lo mismo que yo quería. Siguió buscando su camino hacia abajo y sus dedos se deslizaron despacio sobre mi piel. Antes de llegar al pantalón, los dedos de M bailaron suavemente sobre el hueso de mi cadera izquierda. Me hacía sufrir y lo sabía. Cuando por fin se decidió, y cuando yo menos lo esperaba, desabrochó el botón y bajó el cierre. Solo en ese momento entendí que la cremallera de ese jean era lo único que nos separaba del incendio imparable que se acercaba.

Quedamos a oscuras de nuevo. Me giré y ella cayó de lado en el sofá. La tomé de los pies y la halé de las piernas. Quedó acostada a lo largo del sofá y desde ahí sabía que me miraba fijamente. Me balanceé solo lo estrictamente necesario para que ella pudiera percibirlo. Tomé el celular y volví a encender la luz para dirigirla sobre sus piernas. Puse mi mano en una de ellas, pero solo para apoyarme y hacer más notorio mi sutil movimiento. Aunque yo miraba hacia donde quería enfocar la luz, no pude notar la totalidad de lo que tenía al frente. M parecía una deidad con su pelo suelto y largo. Pude sentir cómo me miraba. Todo nos ardía de ganas y pronto quedé sin jeans. M llevó mi rostro hacia ella para que yo quedara acostada también. Me besó con una suavidad asesina y sincronizó mi ritmo corporal. Me arrebató luego la linterna para iluminarse ella misma. Tenía los músculos del abdomen tensos y mi mente ya estaba desorbitada, todo se sentía borroso y confuso. Me iluminó la cintura para mostrarme cómo sus manos la reclamaban. Se empezó a mover muy lento y me besó el cuello. Soltó el teléfono y… oscuridad completa.

La intensidad de su beso en el cuello fue aumentando.

Lentitud. Oscuridad momentánea. Sutileza. El no patrón. Secrecía. Fuerza. Intensidad. Ruido. Aceleración. Lo imprevisto. La luz repentina. Lo intermitente, el salto de una de estas palabras a la otra.

Luego M se volteó con fuerza para quedar sobre mí. La iluminé justo en donde sé que ella quería y se quitó los jeans para mí. Pasé mi mano por su pecho hasta llegar a su ombligo.

La besé de manera apasionada y M aprovechó para recorrer mis piernas con sus manos. Cuando estuvo donde ambas queríamos que estuviera, arrugó la tela negra que encontró entre su mano. Me enloquecí y eso le gustó.

Nos gustó.

In my Mind de Dynoro empezó a sonar con pulcra perfección.

La mordí en el cuello y entonces amé la manera en la que la música estalló justo en el momento en el que el mundo se disolvió.

Una cosa es una cosa y otra muy distinta es experimentar lo que ella y yo experimentamos cuando nos amamos con todo lo que somos.

De lo primero saben todos, pero de lo segundo solo lo sabemos ella y yo.

Qué noche la de anoche...

Alguna vez le confesé que me gustaban las extrañas
ocasiones en las que me despertaba antes que ella, así fuera
por una diferencia mínima de minutos, porque podía verla
dormir por un momento. Sí, porque esa mujer se veía
increíblemente linda mientras lo hacía. Y no creo que sean
muchos quienes cuenten con ese beneficio. Pero sobre todo
me encantaba eso porque:
¿Cómo es que hasta en ese proceso de reposar, mientras
todas sus funciones sensoriales y sus movimientos voluntarios
se suspenden, me sigue pareciendo que está de todo menos
inactiva?
Su respiración es fascinante.
La manera en la que se inflan sus pulmones y, a su vez, su
pecho cambia de altura, copiándose del ritmo.
La manera en la que sus labios se presionan con suavidad
en ciertos momentos aleatorios.
La sensación de que todos sus órganos funcionan con más
fuerza.
Toda ella.
Logré separarme con cuidado y, sin despertarla, la arropé con
una cobija. Le dejé listo un *machiatto* caliente, tapado para que
no se enfriara, y un papel con una carita enamorada sobre su

mesa de noche. Me puse de misión no interrumpir su descanso, así que todas mis acciones fueron silenciosas. Salí hacia mi casa para arreglarme lo más rápido posible. No había llevado al apartamento de D nada de lo que necesitaba para lo que venía. Era sábado y teníamos un evento importante en el club de lectura, el cual exigió abrir un espacio adicional al que teníamos establecido. Se trataba de un tipo de «despedida» ya que se acercaban las fiestas y, con ellas, las vacaciones y su consecuente pausa (ojalá temporal) del club.

Semanas antes habíamos llegado a la conclusión de que era el momento de hacer algo que nos sacara un poco de nuestra zona de confort, un espacio en el que pudiéramos compartir creaciones propias: poemas, cuentos, crónicas o cualquier texto que tuviéramos abandonado en nuestras libretas. Cuando hablamos de quiénes se animarían a leer en el evento, alguien me preguntó si yo lo haría y claro que inicialmente respondí que no, pero se opusieron rotundamente a mi decisión. Ante la acorralada no pude más que enlistarme también para leer un texto propio.

No podía, o no quería, explicarles a ellos mis problemas de timidez y mi ansiedad. Ya no quería compartir mucho con nadie, para ser honesta. Me quedaba muchas noches pensando, de manera casi obsesiva, en cuánto le compartí de más a Cayetana o, sin saberlo, a otros… aunque ellos aún no me habían traicionado como lo hizo ella. Sentía que era cuestión de tiempo para que la vida me castigara por hablar de más, por haber ido en contra de mi anterior naturaleza. Me obsesioné un poco más de lo debido con el tema de la confianza, como creo que también le pasó a D. Así que ese día, rodeada de todos esos desconocidos con quien solo coincidía para debatir sobre libros, me tragué mis nervios y acepté.

Llevaba no sé cuánto sumergida de cabeza en el mar de mi trabajo final y, aunque no estaba terminado, había un poema ahí dentro que podía presentar: lo decidí pescar. Si bien contaba con un mar de poemas a los que les tenía mucho más cariño dentro de mi baúl de la escritura, tenía planes distintos para ellos y por ahora necesitaba que se mantuvieran en el desconocimiento absoluto. No era un suceso que requiriera dar lo mejor de mí, así que me lo tomé suave, intentando hacerlo como ejercicio terapéutico de resignificar el punto medio como algo que está bien y no como tibieza ni mediocridad, como siempre lo he creído.

Para esta ocasión, todos en el club podían llevar compañía si lo querían. Y yo, por primera vez, quise no ir sola. D antes siempre me ponía nerviosa con su presencia porque generaba que yo misma me asignara una presión adicional de querer hacer las cosas de forma perfecta frente a ella. Sentía que, si iba, era para decepcionarse, como si no hubiera otro posible resultado... y yo no quería eso por nada del mundo. Pero esta vez lo que sentía era la sensación opuesta, la de querer y crear una oportunidad para sorprenderla. Me moría por que se sintiera orgullosa de mí, de mi nueva versión, de la que le dice que vaya conmigo a verme hablar en público, a verme leer un texto propio en público. Sin embargo, uno puede cambiar y la vida también. Y que esa vez yo quisiera algo distinto no quería decir que la vida quisiera lo mismo. D, fuera de todo pronóstico, tenía una reunión supremamente importante con un posible gran inversionista para su marca a la misma hora del evento. Y aunque hizo todo lo que pudo por reprogramarla, no fue posible.

D estaba igual de frustrada con las maneras de la vida, pero la situación se le seguía saliendo de las manos.

Llegué a Mocca sola y tarde. Al principio me invadió la adrenalina de la tardanza, pero después agradecí, admito que de manera muy antiprofesional, el haber sido impuntual. Ya habían empezado. Y aunque ese factor fuera uno que podría empeorar los nervios de muchas personas, en mi caso era un antídoto.

La anticipación siempre me enferma de angustia. El esperar es tortura cuando se trata de algo abrumador para mi tipo de personalidad. El salto al vacío prefiero hacerlo de primeras, salir de eso rápido y acortar el tiempo de sufrimiento.

Llegando (excesivamente) tarde no tuve tiempo ni para ver si había mucha gente o no, si alguien de la audiencia se veía especialmente intimidante o no, si alguien tenía apariencia de ser un crítico súper importante dentro de la industria literaria o no, incluso si estaba Cayetana o no.

Mi turno era el siguiente.

Lo cual era **terrible**, porque diez minutos más y habría llegado cuando todos se estuvieran yendo, cosa que no le hubiera agradado a nadie y mucho menos a Guillo.

Lo cual era **genial**, porque podía pensar, como hago siempre en este tipo de situaciones, que, a una hora de diferencia, estaría ya en mi favorita, la (exquisita) *fase post-tortura*. 60 minutos, aproximados, para ya estar almorzando, disfrutando del sabor de la comida que eligiera, tomándome una limonada muy fría y repleta de la satisfacción que trae el superar un tenso evento emocional.

Estaba ya frente al micrófono y al menos logré no caerme subiendo las escaleras de la pequeña tarima que Guillo (obvia, porque es fan del dramatismo, e innecesariamente) había decidido instalar. Respiré para calmar el ritmo de mi corazón, que se había elevado de manera tenebrosa. Me sudaban las manos y me angustió pensar que la gente podía notar mi nerviosismo, así que me acerqué al micrófono y hablé:

—El tan usado consejo de imaginar a la audiencia en ropa interior no funciona, debo decírselos —bromeé, con apenas un hilo de voz, bajo la lógica de tomar el control y mi pensamiento de «*si se van a dar cuenta de que estoy nerviosa es porque yo lo decido*». Para mi sorpresa, todos los asistentes soltaron una carcajada. Eso me hizo sentir monumentalmente mejor, aunque tan pronto como terminé de decir semejante estupidez pensé que había sido el fin de mi carrera.

Usé ese respiro como impulso y abrí el papel que traía en mi *tote bag*.

Si te duele algo, cualquier parte del cuerpo
o del alma,
                    puedes venir de allá hacia acá.
                            De lejos a cerca.
Puedes venir
a mí.
                    No importa si vienes corriendo.
  No importa tampoco si te cuesta levantarte del
              suelo y te tengo que traer cargada.
            He cargado cosas toda mi vida.
  He cargado cosas pesadas. Y cuando digo cosas,
              hablo de todo menos de cosas.
              Yo a ti te cargo con gusto.

No importa cómo.
Yo eso lo prometo.
Prometer es un acto de completa convicción. Para
mí, por lo menos.

                            Si te duele algo,
                                yo voy a ti.

De cerca, a lejos.
De acá hacia allá.

Voy yo.
a ti.

Yo corro, troto, galopo, me arrastro, me riego,
me disuelvo, camino, me empino, me estiro, vuelo.

Se trata de elegir el cómo.

                Si te duele algo, no me importa el cómo.
                    Si te duele algo, no me importa más.
                                ¿Me dejarías cuidarte?
                                         Pero, si no,
                                           está bien.

Pero yo construí esto: con cuidado y para ti.

Que se note, que lo percibas, que lo adores. Esa
es mi fantasía.
Pero, si no,
está bien.

                    Tú, toda tú,
                        me enseñaste a impregnar
cada material que toco de mí, así como lo haces
tú: madera, goma, gelatina, metal.

Igualito a como lo haces tú. Eso intento repli-
car: plástico, pegante, vapor, seda, hierro.

Entonces construí esto con cuidado para ti, como
me enseñaste tú.

No hubo tutorial.
Contigo no hay tutorial.

Duéleme como me dueles porque no es dolor.
Ámame como me amas porque eso es amor.

Cueva de cobijas.
Esto es invisible.

Cueva de vapor.
Nadie puede tocarlo.

Si algo pasa, con cueva y materiales voy yo hacia
ti hasta que «aquí» se convierta en cualquier
lugar, porque estamos con nuestros pies en el
mismo suelo.

Hasta que «aquí» sea «allá», hasta que «lejos»
sea «cerca» y hasta que «tú» estés en mí.

Aquí se permite llorar
y darse besos también.

Así sea viernes.
Así haga frío.
Así verte llorar un´ viernes me diera frío y me
hiciera querer llorar a mí también.

Terminé de leer, no sé cómo, no sé cuándo, no sé ni por qué. Sentí la mirada de todos encima de mí apenas empecé a leer, pero rápidamente se me olvidó todo lo que no eran mis letras. Me sumergí. Sentí las manos apoderarse de ese papel, ya no con duda, sino con propiedad. Me transporté. Lo disfruté, incluso.

Cuando levanté la vista todos tenían la mirada fija en mí. Tardaron en salir del asombro. *Me preocupé...* Hasta que salieron de ese trance y aplaudieron. Mucho. *Me calmé.*

Les di las gracias con timidez y me retiré. Mientras bajaba de la tarima y me dirigía hacia las sillas, la vi. D estaba de pie, justo detrás de la mesa que siempre consideré la mejor ubicada del café, recostada en un mostrador y sin despegar sus ojos de mí. No podía creer que hubiera venido. ¿Cómo? ¿Por qué? ¿Habría alcanzado a ir a su reunión para luego venir hasta aquí? ¿Habría sacrificado su obligación por amor? ¿Habría llegado justo cuanto terminé? ¿Hacía cuánto estaba ahí? ¿Habría escuchado lo que escribí para ella? Quería entenderlo todo ya. Me emocionaba ante la idea de oírla responder mis dudas. Y confieso que me extasiaba pensar que sí me había visto en mi graduación mental no oficial como escritora con pánico escénico. Yo creo que mi alegría era tanta que se me salía por los poros y que los contagié a todos en ese lugar.

Me dirigí lo más veloz que pude hacia ella. Quería su abrazo como un botón para encender mi tan anhelada fase siguiente y apagar la adrenalina de supervivencia que seguía activa en mi sistema. Sin embargo, cuando estuve a centímetros de su rostro, me encendió un botón distinto.

—Tenemos que hablar.

D

Me levanté, asustada, con la idea de haber ignorado mi alarma, pero ni siquiera había sonado.

No quise volver a dormirme porque creía que, tal vez, regresar a las cobijas me hiciera ignorar la alarma. No quería perderme mi reunión y, de hecho, creo que fue por ese motivo por el que mi subconsciente me despertó. Como si mi «yo interior» conociera el futuro y, debido a su superpoder, se hubiera adelantado a mis acciones para prevenir cualquier cosa.

Otro de mis pensamientos sin sentido, pero que a mí me parecía que lo tenían.

Quise aprovechar mis, ahora nuevos, 47 minutos extra para desayunar algo rápido, cuando…

Lo vi:

Café caliente.

Sonreí.

Lo tomé en mis manos y lo probé: delicioso.

Los lujos de tener una barista como novia no dejan de asombrarme.
Pensé.

Y luego la vi:

Nota minimalista de amor.
Sonreí más.
Era una hojita rota, muy pequeña, que tenía en todo su centro una carita enamorada.

Me acordé de la noche anterior.

Y luego lo vi:

Resaltaba dentro de las montañas de ropa que creamos M y yo en la sala. Estaba justo al lado del pantalón que yo traía puesto. Lo había olvidado por completo. La manera en la que venía descubriendo las cosas, una a una, me produjo curiosidad. La búsqueda del tesoro que me tenía preparada el universo de manera tan aleatoria me hizo querer participar. Tomé un poco más de mi café mientras me agachaba a recoger el papel del suelo. Lo levanté, lo miré y lo abrí. Sin saber por qué ni para qué.

D, yo necesitaba, como fuera, hacerte llegar mi disculpa. Este papel es una representación física de ella. Realmente siento mucho cómo pasó todo. No espero que hagas nada con esto, solo que la recibas de mi parte. Lo sentía necesario y mucho más cuando ya se acerca tanto la fecha de lo que M decidió hacer.

Cuídate mucho.

~~Papel que me había entregado Cayetana.~~
Baldado de agua fría.

el papel.

Azul me tenía abrazada, por lo menos, desde hacía unos 35 minutos y medio y yo no dejaba de llorar.

Todo se me rompe desde que tengo memoria y hoy, adulta, sigo impactándome con la fragilidad.

Hablemos de no querer ver las cosas como son: es una muestra en extremo delicada de que la incertidumbre es la única certeza en la vida.

Le empapé la camiseta y ella seguía intacta, sin mostrar incomodidad alguna y sosteniéndome mientras, literalmente, me deshacía sobre su hombro.

—M, ¿qué te pasó? ¿Estás bien?

Esa fue su primera reacción cuando contestó el teléfono y yo, ahogada en el llanto, no pude hablarle. De alguna forma pude comunicarle que había tenido un conflicto fuerte con D y me ofreció su compañía para contenerme. Llegué a su casa y, desde que me recibió en su puerta, yo no había dicho ni una sola palabra. Fue como si me hubiera abierto un espacio solo para llorar.

No me preguntaba, no me forzaba, solo estaba. Y eso, precisamente, era lo que necesitaba.

Ahí, metida en su hombro, porque no tenía en dónde más meterme, recordé las tres cosas que me tenían justo en ese lugar, momento y circunstancia.

La página web. El tatuaje. El deseo prohibido.

El tatuaje.

El día que tatué a D con letras adhesivas de cinco dólares fue el día en el que le iba a contar lo que había hecho hacía unos días. Pero precisamente encontré a una D que no tenía manera de poder recibir una información como esa. Para ser honesta, no encontraba, a pesar de mi diaria búsqueda, a una D que yo sintiera *que pudiera* con lo que yo tenía por compartirle. Gran error. No hay múltiples Ds entre las que yo pueda elegir. D es simplemente D. No había una capaz y una incapaz de lidiar con mis cosas. Y yo no soy todopoderosa como para considerar si alguien puede o no con algo. No había un día ideal. No existía el momento perfecto. No había en el calendario una fecha precisa del mes en la que mi novia, de repente, hubiera superado su actual crisis emocional. Solo había una D a la que yo necesitaba contarle algo que había hecho sin que eso necesariamente significara nada. Ahora todo parecía que sí significaba algo y yo no sabía cómo remediarlo.

Me obligué a repetir en mi mente cada encuentro, intercambio de palabras, chats, llamadas o lo que fuera con Cayetana. ¿En dónde había pasado? ¿Cómo hice algo así? Ella ya no estaba en mi vida cuando pasó.

—¿Por qué es ella quien está contándome algo así, M? —me preguntó D, llorando, mientras apretaba el timón de su carro.

Estaba impactada con lo que escuchó salir de mí cuando me preguntó a qué se refería Cayetana.

Me salí de mis pensamientos cuando Azul habló.
—¿Quieres hablar de lo que pasó?

Asentí. Empecé por el orden que me fue posible porque estaba aún confundida, así que no sabía si estaba entendiéndome. Me miraba atenta y no sé si era porque comprendía o no. Sin embargo, enredado o confuso, como mis pensamientos, le conté lo que hice y le conté lo que hizo Cayetana para llegar, finalmente, a lo que hizo D con eso.

Después de que me paré justo frente a ella, esperando su abrazo y su felicitación, me encontré, en cambio, con una seria invitación a su carro. Estaba parqueado afuera y sentía que me esperaba para que diera todas mis explicaciones dentro de él. A mí se me rompió algo por dentro. No sabía qué estaba pasando y no podía ignorar el hecho de que no me hubiera dicho absolutamente nada de mi presentación.

—¿Qué pasa? —le pregunté varias veces, pero no tenía respuesta.

—¡D! ¡Ahora sí te saludo bien! Estaba nervioso porque M iba a empezar a leer cuando te vi adentro y no pude saludarte —le dijo Guillo, sonriente, cuando estábamos saliendo por la puerta y sin tener idea de lo que estaba pasando.

No sé qué le respondió D, pero por supuesto tuvo que fingir que todo estaba bien. A mí ni me interesó. Solo me quedé con

…a confirmación de que ella sí estuvo todo el tiempo ahí. Comprendía que algo había pasado, pero me dolía que, fuera lo que fuera, parecía más importante que yo.

—¿Qué hiciste? —Fue lo primero que dijo cuando por fin tuvimos privacidad. Yo estaba sentada en la silla del copiloto y aunque aparentemente era la culpable, estaba enojada y solo la miraba.

—No tengo manera de saber de qué hablas y me encantaría que, si vas a hacer las cosas como las estás haciendo, me dieras contexto —le respondí. Molesta. Herida.

—El ambiente estaba demasiado tenso y por la manera en la que empezó la conversación supe que no iba a ser una agradable. Yo no estaba dispuesta a comunicarme de manera asertiva y tenía mis defensas altas. E incluso cuando D empezó a darme lo que yo pedía, el contexto, solo veía en mi mente una imagen —le narraba yo a Azul.
—¿Cuál?
—El estúpido machiatto que le preparé esa mañana y la estúpida nota que le hice antes de salir, ambas cosas a su lado.

Incluso antes de ir a hacer algo que me aterraba hasta los huesos quise sorprenderla a ella y darle un buen inicio a su día. ¿Y eso, que yo seguía sin entender, era lo que recibía?

Volver a mencionarlo me hacía volver a doler.

El papel debió salirse de tu jean anoche, me decía. Yo juraba que el papel decía lo mismo que te había dicho ella en per-

sona, me decía. *Me ganó la curiosidad,* me decía. *Menos mal, porque si no lo leo no me hubiera enterado,* me decía. *Me encuentro entonces con que se acerca la fecha de tu ida,* me dijo.

Escuché esa frase como si tuviera un efecto de sonido especial. Me sacó de mi desconexión. O me desconectó. No sé qué me pasó, pero sí sé que me congelé entera.

¿Cómo era posible?

—¿Qué dijiste? —le pregunté sin mirarla, ida en mis pensamientos, pero buscando como fuera una respuesta.

—«La fecha de lo que M decidió hacer» —recitó mientras me mostraba el papel en su mano izquierda.

Me volteé de inmediato para mirarlo con mis propios ojos.

¿Cómo era posible?

—¿Qué hiciste? Repito. —Volvió a decirme, esta vez subiendo más el volumen.

Azul escuchaba la narración de lo que aconteció, por más que intentara disimularla, con una cara de shock *absoluto, pero sin señalar a ningún personaje de la historia. Ya sabía lo que hizo cada uno de ellos (de nosotras), pero solo me escuchaba. Y menos mal, porque yo no parecía querer parar de hablar en ningún momento cercano. Necesitaba que alguien viera, aunque no fuera posible, lo que viví.*

Le conté entonces lo que ahora veía con claridad.

El deseo prohibido.

Cayetana es mala, le dije.
No me arrepentí de haberlo dicho así en ese momento.
Solo lo sentí y posteriormente lo enuncié.

Ella no hizo eso de gratis. Ella le contó mi secreto a D sabiendo que era aún mi secreto. Ella no pensaba que D sí sabía a lo que ella se refería en esa nota, por eso no mencionó nada en voz alta cuando la vio el día que se la entregó. Ella sabía que le estaba diciendo información nueva y la dejó como cierre de su supuesta disculpa. Me pidió perdón a mí, se lo dijo a D en su cara y, milímetros antes de la puntuación final de su papel de «pedir perdón», decidió soltar una bomba que me sabía a lo que solo puede saber la venganza.

Fui su deseo prohibido y la ira que le dio que, a pesar de todas sus acciones para con eso, siguiera siéndolo la llevó a entonces resentirme hasta el punto de quitarme mi derecho a contarle a mi novia lo que iba a decirle. Deseo es deseo, pero lo que haces con él, la manera en la que lo navegas, es lo que habla de quién eres. Esto me lo decía todo.

La página web.

Llegué a esas tres palabras mucho después de la conversación del carro. Estaba muy confundida y nada de lo que pasaba por mi mente era explicación suficiente. Ojalá hubiera llegado a esas tres palabras dentro de ese carro, con D sentada a mi lado.

—Te iba a contar, D. Te lo juro… y no entiendo Cayetana có…

—Me importa una mierda ella en este momento. Dime, ¿de qué está hablando? —preguntó D y por su mirada intuí que creyó que estaba atando unos supuestos cabos sueltos. Entonces agregó—: ¿O es que te vas con ella?

Me mandó a Júpiter con ese comentario.

—Por favor. ¿Será que algún día cercano vas a dejar de creer que soy una persona que haría algo así? ¿Qué es lo que te pasa?

—Yo no soy la que tiene que responder cosas. Explícamelo tú.

Respiré.

Azul respiró fuerte y me interrumpió.
—Perdón, hay muchas cosas no me quedan claras…
Primero, ¿lo que dice Cayetana de que la fecha se acerca es cierto?
—Ahí voy.
Volví al momento.

Me tocaba decirlo en el peor contexto posible. Ese era mi castigo por no haberlo dicho antes, cuando pude.

—¿Te acuerdas de lo que te dije hace un tiempo de Barcelona? —le pregunté a D finalmente.

D se puso las manos sobre el rostro.

—La idea no me dejaba dormir y un día decidí enviar los textos que tenía, que, además, coincidían con los que pedían como requisito para la postulación. Lo hice solo para ver si podía estar al nivel de algo así… si mi talento estaba al nivel…

Yo hablaba con enojo, confusión, miedo, culpa y dolor. D estaba quieta, con los codos recostados en el timón y las manos aún tapándole el rostro.

—Y dentro de tu plan, en donde notoriamente yo NO estoy incluida, ¿estaba al menos decirme algún día que habías aplicado para irte a otro continente? —gritó.

Tenía razón.

—Te iba a decir… porque era solo eso, una postulación… pero…

Dije y D se volteó brusca para mirarme.

—… Me aceptaron…

Pude ver cómo se le rompía el corazón.

—¿Eso qué significa? —preguntó con lentitud.

Respiraba muy rápido. Estaba alterada. Esto era a lo que yo le había temido todas las veces en las que pensé en contarle. Nunca quise hacerle daño.

Duramos unos segundos en silencio.

—¿Te vas? —preguntó con solo tristeza en su voz.

—No lo he decidido.

Tragué saliva.

—Ah, gracias.

Volvimos al silencio.

—¿Cuál es la fecha? ¿Por qué ella lo sabe? ¿Cómo le cuentas algo así a alguien antes que decírmelo a mí? ¿Cuándo la viste? ¿Se hablan? ¿Por qué quieres irte? ¿Por qué nunca me contaste que solo querías postularte para ver el nivel? No entiendo nada.

No entiendo. ¿Cuál es la fecha? —Me bombardeó con preguntas y empezó a llorar, desconsolada.

Me sentí la peor persona del mundo. Me sentí abrumada. Todas las preguntas me intimidaban. Todo de la situación me preocupaba. No veía ni una esquina de luz. Dañé todo.

—La fecha es más pronto de lo que me imaginaba… porque, repito, nunca pensé que sí me fueran a aceptar en primer lugar. Pero que me aceptaran me generó la duda de… ¿y qué pasaría si lo hiciera?

—¿Y yo? —me preguntó mientras las lágrimas caían de sus ojos.

—Yo te quería en ese posible escenario conmigo. Yo te veo ahí, en caso de que sea todo un «sí». «La fecha de lo que M decidió hacer» no es así sin más, porque yo lo quiero todo contigo. Te lo he dicho siempre. De todas maneras, no he decidido nada, no sé nada.

Mi articulación daba pena. No sabía nada y el coctel de emociones que me invadían no me colaboraba.

—¿Puedes, por favor, pausar ahí y seguir con la explicación de por qué es Cayetana la que me informa de esto?

—No sé y no tiene lógica. Yo no la vi nunca más y tampoco le hablé. No entiendo nada —le confesé, alterada. Sentí las ganas de llorar mucho más cerca de lo que las hubiera querido.

—Ajá —me respondió D, mirándome a los ojos, y entendí que no me creía.

Su duda me mandó a otra galaxia. Me puse a llorar de tristeza, pero también de rabia.

—¿Sabes qué, D? Sigue dudando de mí. Al parecer solo sirvo para darte razones —le respondí y se apoderó de mí la adrenalina incontrolable de querer huir.

Azul se puso la mano derecha sobre la cara.
—¿Te bajaste del carro?
Asentí.

Justo cuando me bajé, escuché a D llamándome, pidiéndome que no lo hiciera. Pero mi orgullo, la necesidad de escape instintiva de mi cuerpo, mi confusión y el dolor de que eso hubiera pasado así me impidieron devolverme.

Me fui corriendo. No paré por muchos minutos, no miré atrás, no pensé en nada y no sé cuántas cuadras avancé hasta que sentí que se me iba a salir el corazón del pecho y tuve que parar. Me monté al primer taxi que vi pasar y me acordé de mi cumpleaños. Todo se me juntó, todo empeoró y lloré lo que nunca había llorado en un carro ajeno. Y ahí, en mitad del caos, las piezas empezaron a juntarse. (Y debo decir, como *spoiler,* que eso no sirvió para traerme paz, sino todo lo contrario).

Me acordé de que la página web del curso para escritores me la había mostrado nada más y nada menos que Cayetana en algún momento temprano de nuestra amistad. Nunca me llamó tanto la atención hasta cuando empecé a sentirme más segura de mi escritura. El interés por saber qué tan buena era, o no, en lo que me apasionaba era tan genuino que olvidé por completo, por muchísimo tiempo, que me había enterado de la existencia de tal residencia y curso por ella. Europa sonaba como un planeta desconocido y lejano y, por eso, al principio nunca pensé que fuera a postularme… pero después lo hice sin darle importancia. No me pensé lo suficientemente capaz, así que ni me preocupé por lo que generaría en mi psique si, milagrosamente, fuera aceptada. No era ni imaginable y por eso no me pareció grave en ese entonces. Era una batalla perdida, una simple bofetada de humildad. Me recordé hace unas semanas recibiendo el *e-mail* que decía que me habían admitido. Y justo ahí, con la perspectiva de observador, viéndome en tercera persona, mirándome a mí misma sentada frente a mi computador, lo entendí. La página web del curso estaba abierta desde la cuenta con la que Cayetana ingresó ese primer día que me habló de él. Tuve un recuerdo de esos que vives y piensas que todos los detalles son insignificantes, pero que, cuando revisitas, te das cuenta de que están llenos de información valiosa y aparecen todas las banderas rojas existentes alrededor. Ella había creado su cuenta ahí hacía unos años porque había pensado ir, pero finalmente nunca lo hizo. Por eso me lo había mostrado a mí, por si yo en algún momento me animaba.

Soy una imbécil.
En todo sentido.

Por enamorarme de una idea que salió, sin recordarlo ni analizarlo, de ella. Hasta de pronto fue su plan desde el inicio. Por no haberme fijado, después de lo que pasó con ella, si su cuenta seguía abierta. Me daba tanta angustia escuchar esa curiosidad interna que, cuando entré a la página que tenía guardada en mi navegador, lo hice con afán, como en carrera contra el tiempo.

—¿*Crees que pudo haberle llegado un* e-mail *a ella cuando te admitieron?*
—*Puede ser. Cuando me postulé en la página ya abierta el sistema me permitía poner más de un método de notificación para que me dieran su respuesta. Puse mi* e-mail *y mi teléfono. Pero si hice todo el proceso desde la página que tenía su cuenta creada con su correo...*
—*Seguro llegó al suyo también.*
Azul suspiró cuando terminé con mi casi infinito desahogo y volvió a abrazarme.
—*No hiciste nada con mala intención, no te des duro por eso, pero las cosas se dieron de tal forma que genera un impacto en D, eso es suyo de navegar. Lo que es tuyo de navegar es lo que quieras hacer ahora con D y con tu posible ida* —*me dijo mientras yo volvía a llorarle encima.*

Por el impacto en D.
Por la dualidad.
Por, como dijo ella, mi posible ida.

Ya era la segunda vez que me iba a dormir sin saber en qué estado estábamos. Si es que estábamos en alguno.

No entendía cómo, en tan poco tiempo, ese fuego que lo quema todo, que se encendía en mi pijama hasta colarse dentro de las sábanas de mi cama y volvía todo ceniza, se había apagado por segunda vez.

La conversación no fue bonita. Pero conversaciones no bonitas se tienen.

La dicotomía de la situación y el trasfondo fueron lo que me pareció grave. Porque las dicotomías no te dejan «tenerlas»… o por lo menos no mucho tiempo. Ellas te dividen en dos, te hacen elegir, te enloquecen y te deforman hasta que haces algo con ellas, hasta que haces que la dicotomía deje de ser una.

Yo nunca pretendí ser quien estancara a M. Y mucho menos ahora con todo lo que había pasado, con toda la caída de la idea de que «su necesidad de expansión» era inseguridad mía. Una necesidad es una necesidad, no un capricho. Hay una diferencia abismal entre esos dos conceptos. Yo no la iba a amarrar, no la iba a «asegurar», no la iba a detener. No porque no quisiera hacer todo lo que uno no debe, sino porque la amo más que a mi egoísmo. Porque quiero que sea feliz y porque ahora no me consta que eso sea aquí, en lo cómodo, en lo seguro, en lo conocido, en lo monótono, en lo regular, en lo cotidiano, en lo tranquilo, conmigo.

Sí, me dolió como nunca cuando pasó lo de su cumpleaños, pero no, esto no era lo mismo. Era «años luz» peor. Saber que lo de antes me parecía ahora minúsculo (y me tocaba casi verlo con un microscopio) cuando lo comparaba con esto, incluso si lo de esa vez me destrozó, me daba pánico.

Un beso, ni siquiera suyo, sino robado… Sigo.

Una vida distinta… ¿Cómo?

Quería hacer algo, pero no podía hacer nada. La impotencia me empezó a desesperar. Giraba de lado a lado en esa cama quemándose, pero en vez de calor sentía frío. Lloraba encima de todo, pero las lágrimas no apagan ese tipo de llamas. Gritaba en las almohadas, pero la que era suya no me respondía nada. La luz estaba apagada y yo intentaba ver, pero cuando mis ojos se ajustaban, buscaba con todas mis fuerzas ver otra realidad entera. Todo se volvía polvo y yo estaba ahí, en mi pijama.

Le pedía al fuego que me consumía en miedos que tuviera piedad, pero nada. No existe tal cosa. Los dolores que queman no funcionan así.

Me encantaría decir que fue la peor noche de mi vida, pero poco sabía que los días que venían iban a ser iguales.

M no me habló. No había 22 llamadas perdidas, no había chats pidiéndome que la leyera, no había visitas a mi edificio, no había buzón de voz ocupado. Eso, a pesar de mi negación, fue armando una respuesta clara con el paso de los días. Me parecía el juego más sucio del universo el que Cayetana fuera la voz por la cual me enterara del cambio radical que planeaba

M. Y aunque Azul me explicó lo que supuestamente pasó, todo me parecía cínico. No me importaban ni el *e-mail*, ni la cuenta, ni Cayetana, ni Barcelona. Me importaba solo poder manifestar un deseo y necesidad de cambio así de radical para mí también. Pero no, por más que soñara soñarlo, no lo soñaba. Ninguna de esas noches y ninguno de esos días pasó. Traté de desearlo. Mucho. Con todo. Y nada.

Así fuera para querer una vida distinta completa.

O para desear exactamente lo mismo que M e irme detrás de sus pies.

Cualquiera de las dos me funcionaba. Cualquiera de las dos me quitaría el dolor que no me dejaba respirar con tranquilidad ni ritmo. Cualquiera.

Pero el deseo de cambio de vida no llegó.

Yo seguía amando mi permanencia, mi compromiso, mi casa, mi familia, mi lugar, mi estabilidad, mi solidez, mi vida…

Fue un mediodía cuando el portero me entregó un sobre con su letra marcada encima. Con esa letra que, de todas las letras del abecedario, era mi favorita.

Se me revolvió el estómago.

Mientras cerraba la puerta de mi apartamento, con el sobre en la mano, me permití admitir que lo único que deseaba con todo de mí era que, de pronto, M no deseara tanto una variación, una innovación brutal, una mudanza, una primicia, un descubrimiento, un escape, una probadita…

Lo admití porque fue lo que deseé encontrar ahí adentro. Esa confirmación.

A M conmigo.

D

A M dentro de ese sobre.

Pero «al caído, caerle». Y no me duró ni dos segundos el deseo porque vi, más rápido de lo que hubiera querido, que lo que había adentro eran dos tiquetes.

Mi alma me pedía algo. La suya le pedía lo opuesto.

El problema es que no se trataba de que cada una siguiera lo que su alma le pedía sin que hubiera repercusiones en el corazón.

Yo quería lo que mi alma quería, pero con ella.

Ella quería lo que su alma quería, pero conmigo.

Llamarla me pareció injusto cada una de las 50 veces que estuve a punto de hacerlo. Escribirle me pareció egocentrista cada una de las 97 veces en las que estuve a punto de hacerlo. Porque yo la amaba y amaba su soberanía. Y si la llamaba y contestaba o si le escribía, así ella no respondiera, iba a ser para rogarle, llorarle, implorarle y suplicarle que me dejara halarla hacia lo mío.

No lo hice.

Porque la amo.

No lo hice.

De verdad la amo.

Un día me levanté sin poder respirar bien. Ya era momento de hacer algo.

Tenía que decidir, no entre un lugar y una persona, sino hasta cuándo iba a ser capaz de dividirme. Y ese era el momento que me avisaba que no podía más. Entonces entendí que ni siquiera se trataba de decidir porque lo que me dividía no era posible de ignorar. Si no era ahora, algún día iba a explotar sin dejar rastro alguno. Porque ya lo estaba haciendo…

Las ollas de presión me asustan.

Hice algo. Hice lo que creí que era el punto medio entre ir hacia mi lado, pero no arrancarla del suyo. Ese punto medio era no cerrar mi puerta.

Ahí estaba yo, en el aeropuerto, pensando en cada uno de los pasos que di y en, ojalá, cada uno de los que D estaría dando para llegar a mi misma sala.

El vuelo abordaba en 10 diez minutos.

Mi corazón estaba a punto de salirse de mi pecho y me dieron ganas de vomitar. Respiraba fuerte y tenía los ojos aguados, pero me quería prohibir llorar.

La visualicé corriendo lo más rápido posible para alcanzar a llegar, con su pasaporte en la mano, pero hasta el momento solo era eso: una visualización.

Mi papá me agarraba de la mano con fuerza. Con demasiada, si soy honesta, aunque sé que él no se daba cuenta. Su mente se encontraba en otro lugar. Estaba triste. Y a mí no me importó que la mano ya me doliera. Quise, por el contrario, y por un momento, que no me dejara ir. Alana miraba hacia las personas que aparecían y desaparecían frente a nosotros, llegando y yéndose, de cualquier sitio a cualquier otro. Sabía que ella, como yo, esperaba que una de esas de repente fuera D.

Cinco minutos para abordar, avisó la persona de la puerta de embarque. No quise ver más el tiempo y tomé la mano izquierda de Alana para apretarla de la misma manera en la que lo estaba haciendo papá con la otra. Hice fuerza con cada músculo de mi cuerpo mientras cerraba los ojos.

Cinco minutos…

Que lo podrían cambiar todo.

Que, de todas formas, lo iban a cambiar todo.

¿Y si no es conmigo? de Calle y Poché
se terminó de imprimir en mayo de 2023
en los talleres de
Impresora Tauro, S.A. de C.V.
Av. Año de Juárez 343, col. Granjas San Antonio,
Ciudad de México